HÉSIODE ÉDITIONS

PAUL BOURGET

Les Deux Soeurs

Hésiode éditions

© Hésiode éditions.

1 rue Honoré - 93500 Pantin.
ISBN 978-2-38512-025-2
Dépôt légal : Octobre 2022

Impression Books on Demand GmbH

In de Tarpen 42
22848 Norderstedt, Allemagne

Les Deux Soeurs

I

SUR UN QUAI DE GARE

Le train rapide qui vient de Coire et qui passe à Ragatz vers six heures du soir, était en retard de vingt-cinq minutes. Mais les deux sœurs, en train d'aller et de venir sur le quai de la petite gare, ne pensaient pas à s'en plaindre. Pour la première fois depuis ces deux semaines que Mme de Méris – l'aînée – avait rejoint l'autre, Mme Liébaut qui faisait faire à sa petite fille la cure des eaux de Ragatz, une conversation un peu plus intime s'engageait entre elles. Le sentiment de la séparation, toujours mélancolique et surtout dans le commencement du crépuscule, leur attendrissait-il le cœur ? Cédaient-elles à la douce poésie partout répandue autour d'elles dans le paysage ? Cette longue et verdoyante vallée de Ragatz où le jeune Rhin coule, si rapide et si froid, parmi les peupliers, s'étalait, sous le soleil tombant de cette fin d'une chaude journée d'août, comme une oasis de si calme félicité ! On eût dit que les contreforts des grandes Alpes apparus de tous les côtés se dressaient là pour préserver le coquet village, les fraîches prairies, les bouquets des vieux arbres contre la brutalité du monde. Et quelle noblesse dans ces profils de montagnes ! Avec quelle délicatesse de contours la chaîne du Falknis détachait sur le clair du couchant la dentelure violette de ses cimes ! Comme la gorge sauvage, en face, qui mène à Pfäfers, s'enfonçait hardiment dans la cassure des énormes rochers ! Que la ruine de Wartenstein était romantique à voir, écroulée sur la pointe abrupte de son pic ! Le vent se levait, faible encore, chargé de la fraîcheur des glaciers sur lesquels il passe, là-haut, avant de descendre dans la paisible vallée, et aucune dissonance ne troublait pour les deux sœurs le charme de cette heure. À peine si une douzaine de voyageurs attendaient, eux aussi, dans la gare, le train retardataire, à cette époque de l'année où les express rentrent presque vides à Paris. Les porteurs s'accotaient aux malles préparées sur le quai, avec un flegme tout helvétique. Dans ce silence des choses et des gens autour de leur lente promenade, le bruit le plus fort qu'elles entendissent était le rythme léger de leurs petits pieds quand elles arrivaient de la partie sablée du sol de la gare à la partie bétonnée. Elles formaient ainsi, causant avec un abandon que révélait l'accord de leur démarche, une couple d'une grâce singulière, tant la ressemblance de leurs silhouettes et de leurs visages était saisissante à cette minute. L'aînée, Agathe, avait trente ans, la cadette, Madeleine, en avait vingt-neuf. Cette différence, insignifiante, ne se reconnaissait pas à leur aspect, et elles donnaient l'impression de deux jumelles, si pareilles de traits que cette quasi-identité déconcertait les personnes qui ne les ayant pas vues souvent rencontraient l'une d'elles en l'absence de l'autre. Elles étaient toutes les deux blondes, d'un blond mêlé de reflets châtains. Elles avaient toutes les deux des yeux d'un gris bleu dans un de ces teints transparents, fragiles, qui font vraiment penser aux pétales de certaines roses. Elles avaient le même nez délicat, la même ligne mince des joues, le même arc bien marqué des sourcils, le même menton frappé d'une imperceptible fossette, et une jolie et même irrégularité de leur bouche spirituelle une lèvre supérieure coupée un peu courte, qui laissait voir au repos des dents un peu longues, joliment rangées.

À les étudier cependant, cette espèce de trompe-l'œil et comme de prestige s'évanouissait. Des détails tout physiques se remarquaient d'abord : l'aînée était d'un doigt peut-être plus petite que la cadette. La masse des cheveux de celle-ci était plus opulente, sa taille plus forte, malgré sa jeunesse, son visage un rien plus potelé. On les regardait davantage et l'on constatait très vite une dissemblance plus essentielle, si radicale qu'une fois discernée, les analogies, les identités presque de ces deux êtres faisaient ressortir cette opposition davantage encore. On devinait que deux personnalités absolument contraires vivaient, sentaient, pensaient sous ces formes si pareilles. Une âme difficultueuse, compliquée et mécontente se dissimulait derrière le regard des prunelles bleues d'Agathe, aussi fermées que celles de Madeleine étaient ouvertes, caressantes et gaies. Une défiance de nature, plus aisée à sentir qu'à bien définir, crispait chez l'aînée le pli du sourire au lieu que la cadette si avenante, si indulgente, créait partout autour d'elle cette atmosphère de bonhomie fine qui fait de la seule présence de certaines femmes une douceur dont on est tenté de les remercier. Leurs façons de s'habiller ne révélaient pas moins clairement la nuance de leurs caractères. Elles étaient, l'une et l'autre, mises avec l'élégance des Parisiennes riches d'aujourd'hui. Quelques mots résumeront ce qu'il faut bien appeler leur histoire sociale. – Nous en avons tous une, dans ces temps d'ascension hâtive, et cette histoire domine souvent toutes nos destinées de cœur, si cachée que soit cette action d'événements en apparence très étrangers à notre intime sensibilité. – Agathe et Madeleine étaient des demoiselles Hennequin, de la maison HENNEQUIN, Gazes et Rubans, l'une des plus importantes, il y a dix ans, de la rue des Jeûneurs. Ayant perdu leur père et leur mère, très jeunes, à quelques semaines de distance, leur dot d'orphelines avait été assez considérable pour leur permettre n'importe quel mariage. Agathe avait épousé un homme titré et ruiné, un comte de Méris, dont elle était veuve. Celui-ci avait, par hasard, hérité lui-même d'un oncle, avant de mourir, en sorte que la jeune femme restait seule, sans enfants, avec plus de cent vingt mille francs de rente. Madeleine, elle, s'était mariée, plus simplement et plus bourgeoisement, à un médecin de grand avenir dont la clientèle grandissait chaque jour, et le ménage n'avait pas à dépenser beaucoup moins que la veuve. Ces chiffres expliqueront, à qui connaît Paris, quelles toilettes d'un luxe léger et coûteux les deux sœurs promenaient sur ce quai de gare. C'est comme une livrée que toutes les jolies femmes revêtent aujourd'hui, à certaine hauteur de budget. Seulement si la robe de mohair noir et la mante de drap noir passementée de blanc qu'Agathe portait pour le voyage venaient d'une même maison et du même rang que le costume de serge blanche de Madeleine, l'une trouvait le moyen d'être raide, guindée, comme harnachée, là où l'autre était gracieuse et souple. Les joyaux de demi-deuil de Mme de Méris, sa chaîne en platine et en perles noires, ses broches émaillées de noir avec des diamants, soulignaient ce je ne sais quoi de prétentieux répandu sur toute sa personne. Madeleine, elle, n'avait d'autres bijoux que l'or des grandes épingles qui piquaient son large chapeau de tulle à fleurs et celui de la gourmette où s'enchâssait la montre de son bracelet. De temps à autre, et tout en causant avec la voyageuse qu'elle accompagnait à son train, – elle-même ne quittait pas encore Ragatz, – elle regardait l'heure à son poignet d'un geste qui traduisait une inquiétude. Ce n'était pas l'impatience de voir la locomotive déboucher du tunnel sur le Rhin, là-bas. Elle appréhendait au contraire que ce train où monterait sa sœur n'arrivât trop vite. Agathe lui parlait, depuis ces quelques minutes, avec une demi-ouverture du cœur, et des conversations de cet ordre étaient rares entre les deux sœurs. Elles n'en avaient pas eu une seule durant tout leur séjour commun dans la ville d'eaux. Cette singularité de leurs rapports ne tenait pas à la nature de Madeleine, très aimante, très spontanée. L'aînée en était seule responsable, par quelques-uns de ces défauts de caractère pour lesquels les formules manquent, tant ils tiennent au plus intime et au plus profond de l'être. Agathe déplaisait, comme Madeleine plaisait, par cet indéfinissable ensemble de choses que l'on appelle la personnalité. Elle le sentait. Elle l'avait toujours senti. Cette constante impression d'un secret désaccord entre elle et la vie lui avait donné cette espèce d'irritabilité qui aboutit si vite à ce qu'un humoriste anglo-saxon appelle la « dyspepsie morale ». Malgré l'apparente réussite de ses ambitions, elle avait été peu heureuse, et supportait mal le bonheur dont elle avait toujours vu au contraire sa cadette pénétrée. Elle ne l'enviait pas. Elle cachait trop de noblesse vraie sous ses dehors rêches, pour qu'un aussi vil sentiment trouvât place dans son cœur. Mais elle souffrait d'elle, et justement des traits personnels qui contrastaient le plus avec ses propres insuffisances. Elle détestait cette facile humeur de Madeleine où elle ne pouvait s'empêcher de voir un peu de vulgarité, – quoique rien ne fût moins vulgaire que cette aisance heureuse. – Elle lui reprochait cette joie de vivre où elle n'était pas loin de discerner un égoïsme, ce qui était injuste. Elle haïssait aussi des succès de société qu'elle eût pour un rien attribués à un peu de coquetterie. À quoi bon d'ailleurs analyser des relations délicates qu'il suffisait d'indiquer ? L'aventure à qui cette causerie entre les deux sœurs sert de prologue fera ressortir ces anomalies avec une netteté qu'aucun commentaire préalable n'égalerait.

Leur conversation avait commencé par une petite phrase assez irréfléchie de Madeleine. Elle avait pensé tout haut et dit à son aînée, qui devait, de Ragatz, toucher seulement barre à Paris puis aller en Normandie chez une amie à elle que sa sœur n'aimait guère :

– « Tout de même je regrette deux fois de ne pas te garder. Mais oui. Pour t'avoir d'abord, et ne pas rester seule avec ma pauvre Charlotte… » – Cette allusion à sa petite fille pour la santé de laquelle elle était aux eaux mit une lueur triste dans ses yeux si gais… « Et aussi, pour que tu n'ailles pas chez les Fugré. »

– « Je n'ai pas l'habitude de négliger mes amies quand elles sont dans la peine, et toi-même, en y réfléchissant, tu ne m'en estimerais pas… » avait répondu Agathe d'un ton qui prouvait que l'antipathie de sa cadette pour Mme de Fugré ne lui échappait pas. D'ordinaire, devant des phrases pareilles et qui risquaient d'ouvrir entre les deux sœurs une discussion, Mme Liébaut se taisait. Cette réplique-ci enfermait une allusion à une difficulté récente que Madeleine et son mari avaient eue avec un des camarades de ce dernier. Ils s'étaient brouillés avec cet homme parce qu'il avait hasardé la fortune de sa femme et de ses enfants dans d'imprudentes opérations de Bourse. Cette fâcherie avait coïncidé avec sa ruine totale. L'indignation du médecin contre le spéculateur s'était manifestée si vivement avant cette ruine, que l'orgueil blessé de celui-ci avait empêché toute réconciliation après le désastre. Mme de Méris, à ce sujet, avait assez vivement blâmé son beau-frère. Madeleine sentit le rappel de ce blâme qui, à l'époque, l'avait déjà froissée. La préoccupation qu'elle avait de l'avenir de sa sœur et son besoin de l'en entretenir, si peu que ce fût, avant son départ, la fit passer outre :

– « Si Clotilde n'est pas heureuse, tu avoueras que c'est bien sa faute, » avait-elle riposté en hochant doucement la tête, « les torts de son mari se réduisent à aimer trop sa terre, ses chevaux, sa chasse et pas assez Paris. »

– « Tu sais aussi bien que moi ce qui en est, » reprit l'aînée sur un ton d'impatience. « Il est jaloux d'elle, ignoblement jaloux. Voilà la vérité. Je le répète : ignoblement. Il a imaginé ce moyen de la séquestrer, à vingt-cinq ans, à l'âge où une jeune femme a cependant le droit de s'épanouir, surtout quand elle est aussi vraiment honnête que Clotilde. C'est abominable… »

– « Pourquoi l'a-t-elle laissé devenir jaloux ? » demanda Madeleine. « Oui. Pourquoi ? … C'était si simple ! Quand elle a vu commencer cette maladie, car c'en est une, pourquoi n'a-t-elle pas cédé à Fugré sur tous les points où il s'irritait ? … D'ailleurs, elle aurait toutes les raisons et lui tous les torts, » rectifia-t-elle afin d'empêcher la protestation de sa sœur, « je n'en redouterais pas moins ton séjour chez eux. Pour une cause ou pour une autre, les Fugré sont un mauvais ménage. Ce n'est pas dans leur compagnie que tu prendras l'idée de te remarier… »

– « De me remarier ? … » fit Agathe, et elle eut de nouveau un de ces sourires dont l'expression rendait soudain son visage si différent de celui de l'autre. Un léger tremblement agitait dans ces moments-là ses lèvres qui se creusaient davantage sur le côté droit, et cette inégalité eût défiguré une physionomie moins jolie que la sienne. « Tu n'as donc pas encore quitté cette idée-là ? » continua-t-elle. « Tu trouves que je n'en ai pas assez de ma première expérience ? »

– « Je trouve que tu tires d'un hasard très particulier des conclusions générales qui ne sont pas justes, » répondit tendrement Madeleine. « Tu es mal tombée une première fois. Ce devrait être un motif pour essayer de bien tomber une seconde. Tu étais si jeune quand tu as épousé Raoul ! Tu as été prise par ses manières, par son élégance. C'était bien naturel aussi que tu fusses attirée par le monde où il allait t'introduire… »

– « Dis-moi tout de suite que je me suis mariée par vanité, puisque ton mari et toi vous l'avez toujours pensé, » dit Agathe.

– « Jamais nous n'avons pensé cela, » répondit, vivement cette fois, Mme Liébaut. « Il n'y a aucun rapport entre ce vilain sentiment et l'innocent, le naïf attrait que la haute société exerce sur une enfant de dix-neuf ans quand elle est si jolie, si fine, si faite pour devenir tout naturellement une grande dame !... Ce que je veux dire c'est qu'à présent tu peux refaire ta vie, et que tu dois la refaire... » Elle insista sur cette fin de phrase. « C'est ma grande maxime, tu sais : on doit vouloir vivre. Pour une femme de trente ans, belle comme toi, intelligente comme toi, sensible comme toi, ce n'est pas vivre que de n'avoir rien, ni personne à aimer vraiment. Une femme qui n'est pas épouse et qui n'est pas mère, c'est une trop grande misère. Tu es ma sœur, ma chère sœur, et je ne veux pas de ce sort pour toi... »

– « Je te remercie de l'intention, » répliqua Mme de Méris avec la même ironie. Puis sérieusement : « Tu ne m'as jamais tout à fait comprise, ma pauvre Madeleine. Je ne t'en veux pas. Ce que tu appelles ta grande maxime, ce sont tes goûts. C'est ton caractère. Tu aurais épousé Raoul, toi, que tu aurais trouvé le moyen d'être heureuse... Je vois cela d'ici, comme si j'y étais », continua-t-elle en soulignant son persiflage d'un petit rire sec. « Ses brutalités seraient devenues de la franchise. Il t'aurait trahie, comme il m'a trahie. Tu te serais dit que c'était ta faute, comme tu le dis de Clotilde. Veux-tu que je précise la chose qui nous sépare, qui nous séparera toujours ? Tu as toujours accepté, tu accepteras toujours ta vie quelle qu'elle soit. Moi j'ai voulu choisir la mienne. Cela ne m'a pas réussi. Peut-être y a-t-il plus de noblesse dans certains malheurs que dans certains bonheurs... Et puis on ne se refait point. Je ne me remarierai pas pour me remarier, mets-toi cette idée dans la tête, une fois pour toutes. Je me remarierai, si je me remarie, quand je croirai avoir rencontré quelqu'un que je puisse, – je reprends ta phrase, – aimer, oui, aimer, mais vraiment, mais absolument. Va ! Les querelles de ménage de Clotilde et de Julien ne m'empêcheraient pas d'épouser ce quelqu'un qui m'eût pris le cœur, si je l'avais rencontré. Mais tes exhortations ne me feront pas non plus changer mon existence, pour la changer. Elle a ses heures de cruelle solitude, c'est vrai, cette existence. Elle n'a pas de très doux souvenirs auxquels se rattacher. C'est mon existence à moi, telle que je l'ai voulue, et sa fierté me suffit... » – « Tu te fais plus forte que tu n'es, heureusement, » répondit l'autre. « Si tu pensais réellement ce que tu dis, tu ne serais qu'une orgueilleuse, et tu ne l'es pas. Je te répète que tu es une femme, une vraie femme, et si tendre ! Tu t'en défends, mais on ne trompe pas sa petite sœur quand on est sa grande... Autorise-moi seulement à te le chercher, ce quelqu'un qui te prendrait le cœur ? ... Et je le trouverai. »

Elle avait dit ces mots avec le mélange de demi-badinage et de demi-émotion, habituel aux êtres trop sensibles quand ils veulent apprivoiser un cœur qu'ils aiment et qu'ils devinent hostile. La grâce de sa voix et de son regard pour formuler sa paradoxale proposition détendit une minute la malveillance latente de Mme de Méris, qui se reprit à sourire, et, comme se prêtant à cette enfantine fantaisie, elle répliqua, sans amertume cette fois :

– « Je ne t'ai jamais empêchée de chercher, pourvu que je reste libre de refuser. »

– « Tu sais que je suis très sérieuse dans mon offre, » riposta la cadette, « et que je vais me mettre en campagne aussitôt, du moment que j'ai ton consentement. »

– « Tu l'as, dit l'aînée sur le même ton de plaisanterie affectueuse. « Mais si c'est parmi les rhumatisants et les neurasthéniques de Ragatz... »

– « Tout arrive, » interrompit Madeleine qui ajouta, en montrant à l'extrémité de la voie la silhouette de la locomotive : « même les trains suisses... »

L'express débouchait en effet du pont en tunnel construit sur le Rhin, et la petite gare changeait d'aspect. Les voyageurs plus nombreux se pressaient sur le bord du quai. Les facteurs manœuvraient les lourds haquets chargés de malles. La femme de chambre de Mme de Méris était maintenant auprès de sa maîtresse. D'une main elle tenait le nécessaire, de l'autre le paquet de châles. La rumeur des wagons roulant plus doucement avant l'arrêt définitif couvrait à peine l'éclat des voix s'interpellant à présent autour des deux sœurs qui marchaient le long du convoi. Elles ne pensaient plus qu'à découvrir le numéro du compartiment réservé à la voyageuse. Quand il fut trouvé et Agathe installée parmi les innombrables objets dont s'encombre inutilement et élégamment toute femme qui se respecte : minuscules coussins pour le dos, minuscule sac de cuir pour le livre et les flacons d'odeurs, minuscule pendule pour y mesurer la longueur du temps, – et ainsi du reste ! – elle s'accouda quelques instants à la fenêtre ouverte de la portière, pour échanger un dernier adieu avec Madeleine. Elles faisaient toutes deux à cet instant un groupe d'une exquise beauté, tournant l'une vers l'autre leurs visages si semblables de traits, se regardant avec des prunelles de nouveau si pareilles, avec la grâce jumelle de leur sourire. Comme à travers toutes sortes de complications de la part de l'aînée et toutes sortes de délicats pardons de la part de la cadette elles se chérissaient véritablement, une émotion identique les possédait, qui augmentait la similitude de leurs physionomies. Elles se trouvaient l'une et l'autre sous la lumière du soleil déjà très baissé qui dorait de reflets plus chauds la soie de leurs clairs cheveux et la transparence de leur teint si frais. Cette double et charmante apparition était si originale qu'elle aurait partout ailleurs provoqué la curiosité des témoins de ce joli adieu. Dans les dernières minutes d'un départ, de tels tableaux sont perdus. Les deux sœurs pouvaient donc se regarder et se sourire, en liberté, comme si elles n'eussent pas été dans un lieu public, exposées à toutes les indiscrétions… Soudain cependant, ce sourire s'arrêta sur les lèvres de la voyageuse. Ses yeux s'éteignirent, une rougeur colora ses joues et presque aussitôt le même changement d'expression s'accomplit pour Madeleine. L'une et l'autre venaient de constater qu'elles étaient regardées fixement par un inconnu, immobile à quelques pas d'elles. C'était un homme d'environ trente ans, lui-même d'une physionomie trop particulière pour qu'il passât aisément inaperçu. Il était assez petit, habillé avec ce rien de gaucherie qui distingue les soldats professionnels lorsqu'ils revêtent le costume civil. L'extrême énergie de son masque, tout creusé sous la barbe courte, était comme voilée, comme noyée d'une mélancolie qui ne s'accordait ni avec l'orgueil presque impérieux de son regard, ni avec le pli sévère de sa bouche. La maigreur et la nuance bronzée de son teint, où brûlaient littéralement deux yeux très bruns, presque noirs, indiquaient un état maladif, qui n'avait pourtant rien de commun avec l'épuisement des citadins, traité d'ordinaire à Ragatz. Sa physionomie militaire suggérait l'idée de quelque campagne lointaine, d'énormes fatigues supportées dans des climats meurtriers. Il tenait une lettre à la main qu'il venait, ayant manqué l'heure du courrier, jeter à la boîte du train. Et puis, la rencontre des deux femmes l'avait, pour une seconde, arrêté dans une contemplation dont il sentit lui-même l'inconvenance, car il rougit de son côté, sous son hâle, et il marcha vers le wagon de la poste, d'un pas hâtif, sans plus se retourner, tandis que la cadette disait plaisamment à l'aînée :

– « Avoue que, parmi les rhumatisants et les neurasthéniques de ces eaux, on rencontre aussi des figures de héros de roman. »

– « Tu veux dire de messieurs pas très bien élevés, » répondit Agathe.

– « Parce que celui-là te regardait dans un moment où il croyait que tu ne le voyais pas ?... » fit Madeleine. « La manière dont il a rougi, quand nous l'avons surpris, prouve qu'il n'a pas l'habitude de ces mauvaises façons. »

– « Pourquoi prétends-tu que c'était moi qu'il regardait ?... » interrogea Mme de Méris... « c'était toi. »

– « C'était toi... » reprit Mme Liébaut en riant ; « moi, il ne pouvait pas me voir. »

– « Mettons que c'était nous », répondit Agathe. Il est donc deux fois mal élevé, quoi que tu en dises, voilà tout… » Puis, riant aussi : – « Ne me présente toujours pas ce candidat à mine de jaunisse, il n'aurait pas de chances … Je n'ai aucune vocation pour le métier de garde-malade… »

Le train commençait de s'ébranler tandis qu'elle prononçait ces mots de raillerie. Elle envoya un baiser du bout de sa main gantée à sa sœur qui longtemps demeura debout sur le petit quai, maintenant désert, à regarder la file des wagons serpenter dans la vallée.

– « Pauvre Agathe ! » se disait-elle… « C'est pourtant vrai que sa vie est trop triste, trop dénudée. Elle est aigrie quelquefois, bien peu, quand on pense à ce qu'elle a traversé, à ce qu'elle traverse… Ah ! si je pouvais réellement lui trouver ce mari dont elle prétend qu'elle ne veut pas ! … C'est étrange. Elle est si sensible et l'on dirait qu'elle craint de sentir, si aimante et elle a peur d'aimer… »

II

UN HÉROS D'OPÉRETTE ET UN HÉROS DE ROMAN

Cette inquiétude sur l'avenir de sa sœur, Madeleine l'avait ressentie très souvent, et très souvent aussi l'impression qu'une secrète jalousie empoisonnait le cœur de son aînée. Une jalousie ? Même ce mot est de nouveau bien fort. Insistons-y. Agathe, qui avait voulu délibérément épouser un personnage qui eût un « de » devant son nom, ne pouvait pas jalouser sa cadette dans son union avec un simple docteur. Mais la vanité d'une fille grandie dans un milieu de négociants et qui a rêvé de triomphes sociaux abonde en contradictions. Dédaigner réellement et sincèrement la destinée d'une autre personne n'empêche pas que l'on ne haïsse la réussite de cette destinée. Madeleine devinait cette nuance, avec son tact de sensitive, et si sa tendresse intimement partiale lui interdisait de s'abandonner à cette lucidité, elle n'en subissait pas moins certaines évidences. Sans cesse, lorsqu'elle avait causé d'une façon plus intime avec sa sœur, elle se retournait attristée et comme déprimée. Cette sensation d'une singulière mélancolie l'accablait en revenant de la gare chez elle dans le crépuscule commençant. Elle habitait, pour la saison, un pavillon écarté dans une des succursales d'un des hôtels qui se pressent autour du petit parc de l'établissement des bains. Grâce aux relations de son mari avec un des médecins des eaux, elle avait là un petit appartement séparé, où sa fille et son institutrice, elle-même et sa femme de chambre pouvaient se croire vraiment chez elles. De grands hêtres voilaient de leur feuillage la balustrade du balcon en bois sur lequel ouvrait le salon. Un des talents de Madeleine, celui dont sa sœur la critiquait le plus volontiers, était cet art de l'adaptation adroite à toutes les circonstances. Où qu'elle fût, choses et gens semblaient conspirer autour d'elle pour se rendre faciles. Sa bonne humeur, sa grâce, sa finesse expliquaient assez cette espèce de domination des menus incidents de la vie. La charmante femme était reconnaissante à ce qu'elle appelait naïvement sa chance, de tous ces modestes bonheurs, comme si elle ne les eût pas conquis par ses qualités. Ce soir encore, lorsque arrivée dans son petit salon ses yeux se posèrent sur sa fille qui dînait à l'heure fixée par le médecin, sous la surveillance de la femme de chambre, un remerciement lui jaillit du cœur, pour la joie que lui représentait sa jolie Charlotte, – et une pitié pour celle qui venait de partir si seule.

– « Voilà le cher trésor qu'il lui faudrait, » pensa-t-elle ! « Oh ! Elle l'aura ! Elle l'aura ! »

Cependant elle interrogeait sa fille sur son emploi de fin de l'après-midi et celle-ci l'interrogeait sur le départ de sa tante. Le « cher trésor », comme sa mère l'appelait en s'en parlant à elle-même, était bien souvent un trésor d'inquiets soucis. À neuf ans que Charlotte allait avoir, ses yeux trop grands dans son visage trop mince, ses membres graciles, sa visible nervosité disaient que cette tête aux cheveux blonds était toujours menacée. Elle avait eu l'année précédente une crise de rhumatisme suivie d'un léger commencement de chorée qu'un premier séjour à Ragatz avait guéri. Cette seconde cure devait empêcher le retour des redoutables accidents. C'était encore un des reproches d'Agathe à Madeleine que l'optimisme de celle-ci sur l'avenir de cette bien chétive santé. La sœur aînée ne voulait pas voir dans l'arrière-fond des prunelles de la mère l'angoisse passionnée qui, par instants, les assombrissait pour céder la place aussitôt à la volonté non moins passionnée de faire vivre cette délicate enfant. Et puis, Madeleine était de ces cœurs courageux qui acceptent de souffrir dans ce qu'ils aiment et qui préfèrent ce risque de martyre à la sécheresse de l'indifférence. Cette générosité native et réfléchie la soutenait dans l'épreuve continue que lui représentait sa fragile et pâle fillette. Elle se raisonnait sans cesse pour se démontrer que son instinct était une sagesse, prolongeant, comme toutes les rêveuses, ses conversations avec ceux qu'elle aimait en d'interminables discours intérieurs. Celui qu'elle se tenait une heure et demie après cet adieu de la gare, tandis qu'elle s'acheminait seule vers l'hôtel où elle prenait ses repas, peut être donné comme un type de ces allées et venues de sa pensée autour des soucis cachés de sa vie :

– « Souhaiter à une femme un mari et un enfant, » se disait-elle, « c'est pourtant lui souhaiter tant de malheur possible ! Agathe a tant souffert par Méris et moi je pourrais tant souffrir par Charlotte !… Ah ! chère, chère Charlotte !… si je la perdais, Georges ne me la remplacerait pas (c'était le nom de son petit garçon, resté à Paris avec le père). Mais souhaiterais-je, même si cet affreux malheur arrivait, de ne l'avoir jamais eue, à moi ?… Aimer, c'est toujours courir la chance d'être blessée, et il faut la courir. Hors de là c'est le vide, c'est le néant… Souffrons, mais vivons. Je veux que ma pauvre Agathe aime et vive… Qu'elle aime ? Qui ?… Comme sa voix était profonde, tout à l'heure, pour me dire : quelqu'un que je puisse aimer, mais vraiment, absolument… Et qu'elle s'est faite moqueuse pour me défier : Je ne t'ai jamais empêchée de chercher…. Ce que je lui ai répondu en plaisantant, pourquoi ne pas l'essayer sérieusement ? Pourquoi ne pas lui chercher ce quelqu'un ?… Pourquoi ? C'est qu'elle ne s'y prêtera pas. Elle ne se prête pas à la vie, qu'elle est son grand défaut. Son premier geste est toujours de se replier, de se retirer… Là, sur ce quai, quand cet inconnu l'a regardée, – car c'était bien elle qu'il regardait, – son instinct a été seulement de dire que ce jeune homme n'était pas bien élevé et d'ajouter qu'il était laid. Certes, il était tout, excepté cela… J'ai rarement vu une physionomie plus intéressante. On entend pourtant parler de rencontres aux eaux qui ont changé tout le sort d'une femme… Ce ne sera pas cette rencontre-ci, puisque Agathe est loin maintenant… »

Tout en devisant de la sorte avec elle-même, la jolie monologueuse était entrée dans la vaste salle où, deux fois par jour, se réunissaient, les uns autour de la grande table centrale, les autres à des tables indépendantes, les innombrables hôtes de ce caravansérail cosmopolite, attirés par « les naïades bienfaisantes de ces sources », aurait dit un poète antique. Mme Liébaut avait sa place fixée à une petite table entre deux fenêtres. Elle la gagnait, comme d'habitude, saluée par les quelques personnes avec qui elle avait lié connaissance. Elle répondait par un léger signe de tête et ce sourire qu'elle avait si naturellement. Tout d'un coup ce sourire s'arrêta sur ses lèvres, et elle se sentît rougir comme avait rougi sa sœur à la gare. À une table voisine de celle où son couvert mis l'attendait, elle venait d'apercevoir la silhouette de l'inconnu dont la rencontre sur le quai, à la minute du départ, avait provoqué les derniers propos échangés avec Agathe. C'était bien lui, et cette physionomie, trop intéressante en effet pour être oubliée. De son côté, il avait aperçu Mme Liébaut avant même qu'elle ne l'eût vu. Il l'avait fixée du regard si particulier de ses yeux brûlants, aussitôt détournés dès qu'ils avaient croisé les yeux étonnés de la jeune femme, et tout de suite il les avait reposés sur elle avec un étonnement égal. La personne assise en face de lui et avec laquelle il dînait s'était levée à moitié pour saluer l'arrivante ! Cette personne était le vieux baron Favelles, un des clients parisiens du docteur Liébaut, et que ce dernier avait envoyé à Ragatz. Les assiduités du baron auprès de la femme de son médecin avaient même fourni aux deux sœurs plus d'un motif de dissentiment durant le séjour de Mme de Méris. Que de fois, le voyant venir à elles dans le parc, l'aînée avait dit à sa cadette :

– « Quand on tient à sa femme, on n'expédie pas aux mêmes eaux qu'elle un individu aussi assommant que cet animal-là… »

– « Il s'écoute un peu parler, » répondait Madeleine ; « mais il est si serviable, si poli… »

– « Je sais, » répliquait l'aînée, « personne ni rien ne t'ennuie. C'est humiliant pour ceux et celles que tu prétends aimer. Qui n'a pas de dégoûts n'a pas de goûts. »

On devine que Favelles n'aurait pas été jugé avec cette sévérité par Agathe s'il n'avait pas manifesté pour Mme Liébaut une admiration par trop partiale. Le hasard ayant fait jouer à cet aimable homme, dans le début de cette rencontre, ce rôle d'aiguilleur réservé quelquefois à de simples fantoches, c'est le lieu d'indiquer en quelques touches les traits marquants d'une individualité significative quoiqu'un peu ridicule. Il consistait, ce ridicule, – mais tant de Parisiens en sont atteints ! – à ne pas vouloir vieillir, ni physiquement ni moralement. Ancien sous-préfet du second Empire, Favelles gardait, à soixante-sept ans très passés, la silhouette et les allures d'un élégant de cette époque. Ses guêtres blanches et son chapeau gris à longs poils, l'été, – l'hiver, sa redingote ajustée et ses pantalons clairs, lui donnaient cet aspect spécial aux contemporains de la guerre d'Italie et du canal de Suez, de la Grande-Duchesse et du plébiscite, cette physionomie de haute tenue où il y a du militaire et du financier, du grand administrateur et du galantin. Dans l'amas d'insignifiants ou graves documents trouvés aux Tuileries après le 4 Septembre et publiés par les soins des tristes gouvernants d'alors, en plusieurs volumes, les ennemis de Favelles – qui n'en a pas ? – se sont donné le malin plaisir de relever deux lignes le concernant. Une note secrète sur les fonctionnaires mentionne le sous-préfet, qu'elle caractérise ainsi : « Intelligent et actif, mais trop bel homme, trop d'odor della feminita » Le baron n'a visiblement abdiqué aucune des prétentions résumées par cette flatteuse épigramme. Seulement si « le trop bel homme » n'a pas perdu un pouce de sa grande taille, il est obligé de maintenir son ventre au majestueux, d'après le conseil de Brillat-Savarin, par une savante ceinture. Si le haut de son crâne ne montre pas les tons jaunis d'une bille d'ivoire, c'est grâce à un ramenage non moins savant, et les reflets férocement violets des mèches qui lui servent à dissimuler ainsi sa calvitie dénoncent l'emploi d'une eau plus savante encore. Ses favoris coupés court et qu'il laisse grisonner un peu – très peu, pour tromper qui ? – encadrent un visage que la congestion guette. Aucun régime n'arrive à le nettoyer de ses plaques rouges, comme aucun massage n'arrive à rendre la souplesse à ses mouvements. À le voir se redresser, comme il fit, pour esquisser ce salut sur le passage de Madeleine, on croit entendre craquer tous les os. Il salue cependant, de même qu'il s'habille, de même qu'il cause, sans tenir compte du temps ni de ses ankyloses. Il n'avoue pas plus celles de son esprit que celles de ses jointures. C'est le clubman qui veut mourir « au courant », et qui ne se pardonnerait pas de manquer une première, une grande vente, une ouverture d'exposition. Il vient de lire le livre à la mode. Il va vous présenter l'homme ou la femme en vue. Cette énervante manie de ne pas retarder lui joue parfois d'étranges tours. L'an dernier, c'était son portrait par un artiste de la plus nouvelle école, si outrageusement réaliste qu'une fois la toile suspendue sur la cimaise du Salon, le baron a quitté Paris huit jours pour ne plus se voir, c'est le cas d'employer l'expression classique, en peinture. L'autre année, c'était son entrée dans un comité de coloniaux, au temps où il n'était question – éternelle chimère des Celtes imaginatifs – que des Indes Noires et des conquêtes africaines. Favelles s'est trouvé voisiner là avec un des membres les plus notoires de la Commune, que le sang des otages n'empêche pas d'être aujourd'hui conseiller d'État et commandeur de la Légion d'honneur. Les deux hommes ont failli avoir une affaire, dès la première séance. Le Vieux Beau en a eu réellement une, une autre année qui n'est pas lointaine, pour avoir été caricaturé dans un journal mondain, sous le pseudonyme par trop transparent et cruellement médical de « baron Gravelle », comme le Sigisbée d'une actrice en vogue. Le sexagénaire a essuyé le feu d'un jeune journaliste, en homme très brave, et il a tiré en l'air, de son côté, prouvant qu'il est demeuré par surcroît un très brave homme, à travers une existence presque pathétique de futilité, si près de ce que nos pères appelaient les fins dernières. Nous mourrons tous, voilà qui est certain. Mais à quelle heure Favelles y penserait-il entre son cercle, les foyers de théâtres, les déjeuners au cabaret, les dîners en ville, et le reste ?

Ce léger « crayon » d'un survivant d'une génération quasi disparue, fera comprendre aussitôt le petit éveil d'idées qui commença d'agiter la tête de Madeleine, lorsque, remise de son premier saisissement, elle se fut assise à sa place, avec le souvenir des repas pris à cette même table, pendant ces deux semaines, vis-à-vis d'Agathe.

– « Je vais écrire cela, dès demain, à ma sœur, » se disait-elle, « que le monsieur deux fois mal élevé, comme elle l'a appelé, dîne ce soir avec Favelles !… Cette fois, je suis sûre de savoir qui c'est. Favelles est en train de lui faire les honneurs de mon pauvre moi… Sinon, causerait-il avec ces précautions, en se penchant, et confidentiellement ? Est-il écrit en assez gros caractères, le cher homme ?… Que c'est singulier pourtant ! Je songeais tout à l'heure à ces rencontres aux eaux qui bouleversent toute une vie. Il y a vraiment quelque chose d'un peu fantastique dans cette coïncidence que le baron se trouve connaître quelqu'un qui nous a frappées ce soir, Agathe et moi, dont nous avons parlé comme nous en avons parlé… Oui, quel étrange concours de petits événements tout de même ! Cinq minutes plus tard, le train était parti. Nous n'avions pas vu cet homme durant tout le séjour d'Agathe à Ragatz. Il ne l'avait pas vue, lui non plus. Et il faut qu'il vienne porter une lettre à la gare juste à temps pour la remarquer, car il l'a remarquée. Elle a eu beau dire : ce n'était pas moi qu'il regardait, ni nous. C'était elle… Mais qui est-il ? Peut-être un baigneur arrivé d'hier ou de ce matin, et alors le hasard est plus étonnant encore… Je le saurai, cela m'amusera, et aussi jusqu'à quel point il est vraiment ce « monsieur deux fois mal élevé » Il n'en a pas l'air, mais pas du tout, en ce moment. Je parierais à son attitude qu'il est gêné que Favelles lui parle de moi devant moi… » En songeant, elle étudiait les deux hommes dans la grande glace qui servait de panneau au mur contre lequel s'appuyait sa petite table. Le Beau du second Empire avait cette mine importante de l'initié qui étale à un nouveau venu sa science de la Société. Son interlocuteur et lui ne tournaient plus les yeux du côté de Mme Liébaut. Celle-ci était pourtant si certaine d'être l'unique objet de leur entretien qu'elle se disait encore : « Le baron va me le présenter, ou il ne serait pas le baron, tout à l'heure sans doute, dans la galerie. » Les habitués de l'hôtel se rencontraient en effet, comme d'un accord tacite, après chaque déjeuner et chaque dîner, dans un long promenoir couvert, où les uns restaient assis en fumant et prenant le café, tandis que les autres marchaient les cent pas. Les arbres du parc verdoyaient autour de cet étroit salon en plein air. Des plantes grimpantes paraient les pelouses de leurs feuillages et de leurs fleurs qui enguirlandaient jusqu'à la toiture. Un orchestre, caché dans un kiosque, accompagnait les propos, de sa musique dispersée dans la pluie ou le soleil, dans le vent ou la nuit, suivant le temps et l'heure. Le promenoir aboutissait à une rotonde, où les boutiques, particulières aux villes d'eaux des bords du Rhin, étalaient leurs colifichets chatoyants : pierres au rabais, de toutes nuances, améthystes et cornalines, lapis et onyx, sanguines et chrysoprases, à côté des centaines de ces objets en bois travaillés entre la Suisse et la Forêt Noire : coucous et couteaux à papier, becs de cannes et trophées de chasse. Une profusion d'écharpes rayées, venues des lacs italiens, si proches, voisinaient avec des bijoux en corail et des mosaïques sur bois envoyés de Sorrente, et des peignes, des épingles, des couteaux à papier, des crochets en écaille brune ou blonde, expédiés de Naples. Enfin c'était l'innombrable amas des « souvenirs » que les patients d'une cure achètent tous, tôt ou tard, dans l'oisiveté de leurs heures vides. Une fois à la maison, ces brimborions, de pittoresques, deviennent hideux. Ils ressemblent en cela aux intimités ébauchées autour du verre d'eau et des salles de bains. Mais, comme Madeleine n'était pas encore rentrée à Paris, ce petit coin du promenoir l'amusait toujours. Il se dessina dans son esprit avec ses moindres détails, et Favelles s'avançant vers elle suivi de l'inconnu : « J'aurai là une minute amusante, » se dit-elle. « Ce monsieur a parfaitement vu, à la gare, que nous l'avions surpris en flagrant délit d'indiscrétion. Il vient de voir que je l'ai reconnu. Quelle mine aura-t-il ?... Je le jugerai là-dessus, j'aurai de quoi divertir un peu ma bougonne Agathe... »

Le dîner de la jeune femme s'achevait parmi ces pensées. Arrivée en retard, elle se trouvait rester l'une des dernières dans la vaste salle à manger. Le baron Favelles et son compagnon s'étaient levés depuis longtemps et ils avaient disparu quand elle se prépara, elle aussi, à rentrer chez elle. Entre l'instant où elle s'était figuré gaiement l'embarras de l'inconnu et celui où elle remettait la mante destinée à protéger son demi-décolletage contre la fraîcheur du soir, une réflexion très différente des précédentes avait sans doute traversé son esprit ; car, au lieu de se diriger vers cette porte du promenoir, où elle risquait presque sûrement de retrouver les deux hommes, elle quitta la salle à manger par une autre sortie qui donnait directement sur le parc... Une réflexion ?... Une impression plutôt, un de ces vagues et presque indéfinissables instincts comme l'approche d'un homme destiné à jouer un rôle dans leur existence en émeut chez les femmes d'une extrême susceptibilité sentimentale. Après s'être dit : « Cette présentation sera bien amusante ; Madeleine se disait : « Décidément, non. Après que ce monsieur nous a regardées à la gare, comme il nous a regardées, c'est mieux tout de même de ne pas permettre qu'il me soit présenté. (Elle oubliait qu'elle avait protesté contre le nous.) Ce dîner, à l'hôtel, ce soir, est très suspect. Comment n'y ai-je pas vu une nouvelle preuve d'indiscrétion ? Il m'a suivie de loin en sortant de la gare, il a su où j'habitais, et mon nom. Et puis que je mange ici. L'hôtel est un restaurant en même temps qu'un hôtel Il y est venu. Pourquoi ? Pour essayer de me revoir ?...Me revoir ? Mais c'était ma sœur qu'il regardait... Hé bien ! Agathe est partie. Il le sait. Il n'y a qu'une personne qui puisse lui apprendre quelque chose sur elle... C'est moi... » Et de nouveau hésitante : « Je bats la campagne. Quelle folie ! Ce sont des idées de roman...Ce qui n'est pas une idée de roman, c'est que ce monsieur n'a pas été très bien élevé. À la gare, j'ai dit le contraire à ma sœur. Mais il faut l'avouer, elle avait raison. De deux choses l'une : ou bien il s'est trouvé à l'hôtel volontairement et c'est tout à fait mal. Dans ce cas, je dois l'éviter. Ou bien il n'y a là qu'une coïncidence, et pourquoi ne pas l'éviter encore ? On fait toujours trop de nouvelles connaissances… » La charmante femme eût été très étonnée si quelque ami perspicace ou quelque amie lui eût expliqué la subite volte-face que résumait ce nouveau petit discours. Ce dérobement devant la présentation possible de l'inconnu, qu'était-ce qu'un frisson de crainte nerveuse ? Et que signifie un inconscient et irrésistible mouvement de cet ordre à l'occasion d'un étranger, sinon un obscur commencement d'intérêt ? Madeleine eût pu s'en convaincre au plaisir singulier que lui causa, quelques minutes plus tard, la preuve, tout d'un coup surprise, de la délicatesse de l'inconnu au contraire et de sa correction. En s'échappant de la salle à manger par la porte du parc, elle croyait ainsi rentrer tranquille. Elle avait compté sans une autre indiscrétion et plus certaine que celle du jeune homme si sévèrement jugé par Mme de Méris. Faut-il dire qu'il s'agissait de Favelles ? Le baron n'était pas de ceux qui perdent une seule occasion de briller auprès d'une jolie femme, ne fût-ce que par le reflet d'un autre. Il avait, tout en passant et repassant dans le promenoir, guetté à travers les vitres la fin du dîner de Mme Liébaut. Il l'avait vue s'attarder une seconde, tandis qu'elle remettait sa pèlerine, comme si elle hésitait sur le chemin à prendre, puis se diriger vers la sortie du parc. Le temps ; pour lui-même, de contourner le bâtiment de l'hôtel, du grand pas de ses vieilles jambes rajeunies par l'importance de l'effet à produire plus encore que par la thermalité mystérieuse des eaux de Ragatz. Il était devant elle, – mais seul, – et, s'excusant de l'aborder, il la questionnait sur le départ de Mme de Métis. Ensuite, sans autre préambule :

– « J'avais à dîner ce soir quelqu'un qui vous aurait bien intéressée, le commandant Louis Brissonnet. »

– « Le compagnon du colonel Marchand ?… demanda Madeleine, avec un sursaut de curiosité spontanée dont elle s'étonna elle-même. Un trouble passa sur son visage. Favelles ne s'en aperçut pas, dans l'obscurité de l'allée qu'éclairaient mal les réverbères placés de distance en distance. Lui-même était d'ailleurs trop uniquement occupé de ce qu'il eût volontiers appelé son succès pour remarquer une nuance de physionomie, si légère et aussitôt disparue. Tous ceux qui ont suivi, d'après les documents de l'époque, l'héroïque expédition du Congo-Nil se rappellent qu'un des corps qui la composaient, séparé par une erreur de route du reste de la troupe, à quelques lieues du Bahr-el-Gazal, et assailli par la plus féroce tribu de cette féroce contrée, dut son salut au sang-froid de Brissonnet, alors lieutenant. Consumé de fièvres et grièvement blessé, il déploya pour arracher ses hommes à un massacre certain une énergie à laquelle son chef, aussi magnanime qu'il est courageux, a rendu un retentissant hommage. Il n'y avait donc rien d'étonnant que Mme Liébaut sût le nom du brillant officier et ses faits d'armes. Favelles aurait préféré lui apprendre le tout pour placer un récit dont il ne lui fit d'ailleurs pas complètement grâce :

– « Oui, » répéta-t-il, « le compagnon du colonel Marchand, le Brissonnet qui, avec cinq cents tirailleurs, a tenu tête à cinq mille nègres. Ne pouvant plus marcher, il faisait le coup de feu par-dessus les épaules de ses porteurs fanatisés… Mais vous avez lu les pages que le colonel lui a consacrées… Après trois ans, Brissonnet ne s'est pas remis de ses fatigues, et la Faculté l'a expédié ici, où il est arrivé hier matin… Il est descendu dans un très petit hôtel. L'héroïsme ne mène pas à la fortune, vous savez… J'avais eu l'occasion de le connaître, quand je faisais partie du Comité de l'Afrique centrale. J'avais été très intéressé par deux ou trois de ses communications. Après ma douche, je me promenais dans le parc, je me heurte à lui… Je l'invite à dîner, un peu avec l'idée de vous le présenter. On n'est pas gâté à Ragatz, comme distractions, et j'étais très sûr que vous auriez du plaisir à l'entendre raconter ses aventures… Et puis, ne voilà-t-il pas que ce malheureux est saisi, au milieu du dîner, d'une névralgie atroce… Ça l'a pris tout d'un coup, comme vous veniez d'entrer, justement. Quelle guigne ! Il faut que ç'ait été bien grave, car je vous avoue que je lui avais annoncé que vous voudriez bien me laisser vous l'amener.

Vous avoir vue, » ajouta le galantin, « et perdre une occasion tout offerte de se rapprocher de vous, c'est invraisemblable !… Enfin, vous m'autoriserez à réparer ce contre-temps demain, si vous êtes dans le parc à l'heure de la musique ? Je lui ai donné rendez-vous là… Pourvu qu'il n'ait pas l'idée de repartir !… Tandis que je le reconduisais à son hôtel, à deux pas, il incriminait les eaux de Ragatz. Il a pris son premier bain aujourd'hui. Quelquefois ce premier bain réveille les misères que la cure va soulager. Je lui ai dit cela, sans parvenir à lui arracher une promesse de prolonger l'expérience. La guigne serait complète. Ah ! s'il s'en va, et quand vous êtes à Ragatz, vous, madame Liébaut, je donne ma démission de colonial. C'est que l'Afrique abêtit les officiers français… De mon temps, il n'y avait pas de névralgie qui tînt. Les belles dames d'abord, la santé ensuite ! J'ai toujours envie de leur dire, comme dans la comédie :

Cédez-moi vos trente ans, si vous n'en faites rien…

Brissonnet pourtant est aussi spirituel qu'il est brave, et il cause quand il veut causer !… S'il reste, je lui ferai narrer ses histoires de chasses… Que Mlle Charlotte en entende une, une seule, elle ne voudra pas plus lâcher le commandant qu'un volume de Jules Verne… Vraiment, s'il ne reste pas, quel dommage et quelle gaffe !… »

Madeleine était trop habituée aux madrigaux plus ou moins délicats du baron pour y prendre garde. Ce ton de roquentin suranné avait attiré à l'excellent homme l'antipathie de Mme de Méris. Mme Liébaut, elle, lui avait dès longtemps pardonné la sottise de ses compliments, – toujours l'odor di feminita du rapport secret, mais combien rancie ! – en faveur de la gâterie que le célibataire endurci prodiguait sans cesse à sa petite fille. Encore cette fois, il avait pensé à l'enfant. Ce fut la mère qui répondit, en répétant les avant-dernières paroles du Sigisbée démodé :

– « Quel dommage, en effet !… »

– « Alors, s'il reste, » insista Favelles, « vous ne voyez pas d'objections à ce que je vous le conduise ?... »

– « Aucune, » répondit Madeleine.

Elle s'écouta prononcer ce mot qui contredisait par trop ses résolutions de tout à l'heure, et de nouveau elle s'étonna de l'élan spontané avec lequel elle avait accordé son acquiescement. Mais ne venait-elle pas d'apprendre quelques petits faits qui, eux aussi, contredisaient complètement l'hypothèse ébauchée un quart d'heure auparavant dans son esprit ? Elle savait maintenant que la présence de Brissonnet à une table de restaurant où elle prenait tous ses repas n'avait pas été préméditée. Elle savait que, l'ayant reconnue, il n'avait plus pensé qu'à l'éviter, bien loin d'essayer de s'imposer. Elle savait enfin que ce masque jugé par elle au premier regard si intéressant ne mentait pas. Elle avait comme porté un défi au hasard par son « tout arrive « de la gare, et le hasard avait répondu en les mettant, sa sœur et elle, en rapport avec un de ces hommes tels que l'imagination féminine rêvera toujours d'en rencontrer. À la suite de ces diverses découvertes, le plan de sa volonté devait être déplacé du coup. Il l'était si bien qu'au lieu de quitter le baron Favelles, comme elle l'eût certainement fait en toute autre circonstance, pour regagner vite son appartement et causer avec sa petite fille encore éveillée, elle s'attardait dans les allées du parc à écouter les interminables commentaires du baron sur les aventures sénégalaises de l'explorateur. Avant de prendre part à l'expédition Marchand, Brissonnet, alors simple sous-lieutenant, n'a-t-il pas exécuté, dans la région saharienne, une des plus audacieuses reconnaissances que les annales de notre armée d'Afrique, si riches en exploits pareils, puissent mentionner ? L'ancien sous-préfet, ravi d'être écouté complaisamment par la plus jolie des Parisiennes exilées à Ragatz, oubliait l'humidité du soir, interdite de la façon la plus sévère à ses rhumatismes. Il ne remarquait pas le mince et perfide brouillard qui, monté du Rhin, s'étendait doucement sur la vallée baignée de lune. Madeleine oubliait, elle aussi, qu'elle était à peine couverte et que les fins souliers dont elle était chaussée n'étaient pas faits pour fouler le sol des allées, mouillé de rosée. Un projet commençait de se dessiner dans sa pensée, d'abord vague, puis moins vague, puis précis. Et deux heures plus tard, lorsque enfin revenue aux Petites Charmettes (c'était le nom de sa villa), elle eut embrassé sa fille endormie, et qu'elle se fut elle-même vêtue pour la nuit, ce projet s'était fixé en lignes très nettes. Elle en raisonnait déjà comme d'un fait positif et qu'elle ne discutait plus. Le petit roman, tendrement et purement chimérique, ébauché dans sa rêverie, l'attirait par un attrait si profond, si conforme aussi aux secrètes dispositions de sa nature, follement sentimentale sous son parti pris de tranquille sagesse bourgeoise ! Elle demeura longtemps, longtemps, sa femme de chambre congédiée, sur le balcon en terrasse de son appartement, à regarder le vaste paysage de plus en plus argenté de vapeurs, tout en se prononçant à nouveau un de ces interminables monologues dont elle était coutumière. Les étoiles palpitaient au ciel, où le croissant de la lune brillait d'un éclat de métal. Le Falknis profilait, par-dessus les cimes onduleuses des grands arbres, sa silhouette sombre, détachée sur le violet comme déteint du ciel. La rumeur de la Tarmina, la tumultueuse et rapide rivière qui roule sauvagement vers le Rhin son eau d'une si glauque nuance, animait seule le silence de la vallée, rendu par la nuit à son repos d'asile. Mme Liébaut écoutait cette plainte, ses yeux erraient sur cet horizon d'ombres épaisses, de vapeurs transparentes, de clartés élyséennes, et elle se disait :

– « Pourquoi ce qui n'a été qu'une plaisanterie dans notre adieu de la gare ne deviendrait-il pas une réalité ?... Oui. Pourquoi ?... Agathe me dit toujours qu'elle déteste les gens de son monde. Elle vit parmi des oisifs et des médiocres. Si cependant on arrivait à lui présenter comme candidat à sa main un homme tel que celui-ci, déjà glorieux à trente-trois ans et qui a tout pour lui : cette beauté physique d'abord, – avant de rien savoir de lui, n'ai-je pas eu l'impression, rien qu'à la regarder, qu'il était à part des autres ? – un admirable caractère ensuite, – le témoignage de son chef et de ses actions l'atteste ; – la poésie enfin d'une destinée malheureuse. Favelles ne m'a-t-il pas dit qu'il était pauvre et aussi qu'il avait dû demander un congé, tant nos gouvernants le persécutent de mesquines tracasseries ?... Mais pour qu'Agathe s'éprenne de lui et qu'il s'éprenne d'elle, il faut qu'ils se connaissent et elle est partie, et lui il va peut-être partir... S'il part, c'est une chose finie... Partira-t-il ? Non. Il en a peut-être eu l'intention une minute, quand Favelles lui a parlé de le présenter. Son incorrection de la gare lui aura fait honte. Il aura craint que je ne lui en tienne rigueur. Cette susceptibilité prouve que ce soldat déterminé conserve une âme toute neuve, toute fraîche. Elle prouve aussi que notre rencontre à la gare lui a fait une impression... Notre ?... Non. Encore une fois, il n'a vu là-bas que ma sœur. Elle était à la fenêtre du wagon, regardant du côté où il venait, et moi je lui tournais le dos... D'ailleurs, quand il nous aurait remarquées toutes les deux, nous nous ressemblons tellement, qu'en ce moment je le défierais bien de nous distinguer l'une de l'autre... À cause de cette ressemblance, il restera. Si c'est ma sœur qui l'a frappé, il voudra la revoir en moi... La revoir en moi ?... La revoir en moi ?... » Elle se répétait ces mots tentateurs, indéfiniment, et, toute songeuse, elle continuait : – « J'ai encore dix jours à passer ici, pourquoi ne pas en profiter ? Si le commandant Brissonnet a vraiment remarqué Agathe, il voudra se lier avec moi à cause d'elle. Je m'y prêterai... Ce ne sera pas de la coquetterie. Il s'agit seulement de lui donner le désir et la possibilité de venir chez moi, à Paris. Il viendra chez moi. Il y retrouvera ma sœur. Je m'effacerai alors... Ce sera à lui de se faire aimer... Et si, pendant ces dix jours, cette ressemblance est la cause qu'après avoir admiré Agathe à la gare, c'est de moi qu'il devient amoureux ?... Il n'y a pas de danger..., » se répondit-elle en haussant ses fines épaules..., « il n'aura pas de peine à constater que mes affections sont prises, bien prises, que j'aime mon mari de tout mon cœur... Il saura vite qu'il n'y a pas d'espoir. Alors, quand il se retrouvera vis-à-vis de ma sœur, c'est moi qu'il reverra en elle... Il se sera épris de l'aînée à travers la cadette... Mon Dieu ! Agathe a raison, je vois toujours tout en beau. Je suppose aussitôt qu'il aime une de nous ! Sais-je seulement s'il n'a pas un attachement déjà ? Cette lettre qu'il allait jeter au train, avec la crainte évidente de manquer la dernière poste, ne l'adressait-il pas à une femme ?... Bah ! Même en ce cas, il ne s'agirait point d'un sentiment bien sérieux. Il ne se serait pas arrêté ainsi, à la vue d'Agathe, s'il avait au cœur un vrai amour… Après dix minutes de conversation, d'ailleurs, je saurai à quoi m'en tenir. Un homme qui n'est pas libre, ça se reconnaît si vite !… Mais sera-t-il encore là demain ?… Pourvu qu'il y soit ! Dire que dans deux ou trois mois, ma sœur pourrait être sur le point de refaire sa vie avec lui et que ce petit retard de l'express de Paris en aurait été la cause… Que ce serait amusant tout de même, si sa vie s'arrangeait ainsi et pour ce motif !… Mais je suis folle. Allons dormir… »

III

POUR LE COMPTE D'UNE AUTRE

Mme Liébaut se doutait si peu du secret sentiment caché au fond, très au fond de ce romanesque projet, que sa première action le lendemain fut d'en écrire longuement à son mari. Elle lui envoyait ainsi chaque jour une chronique de sa vie aux eaux et de la santé de leur fille. Ce matin encore elle vit en pensée le médecin recevant cette lettre, au moment de sortir. Il l'ouvrirait dans le coupé de l'Urbaine à deux chevaux qui le menait à son hôpital. Liébaut était attaché au service de la Pitié. De là il courait à travers Paris de visite en visite. Ces quatre pages d'une fine écriture seraient lues entre deux séances de douleur. Elles seraient le viatique quotidien, la petite joie de cet homme excellent, que Madeleine croyait aimer, qu'elle aimait réellement, mais d'une de ces affections dont l'accoutumance a fait une simple amitié. L'honnête femme sourit à cette image qui lui représentait le compagnon de sa vie, dans l'exercice de son accablant métier. Cette physionomie du praticien, déjà usé à quarante-trois ans par l'excès du travail et l'absence totale d'exercices physiques, n'avait rien de commun avec celle de l'officier d'Afrique, empreinte, elle aussi, d'une précoce lassitude. Seulement les fatigues de l'explorateur évoquaient le mystère du désert, les dangers affrontés dans un lointain décor de larges fleuves, de palmiers gigantesques, de sauvages et vierges étendues. La poésie de la mort bravée froidement parait ce visage tourmenté d'un mâle attrait que n'avait pas le masque bourgeois du docteur, dont les paupières s'étaient ridées à cligner sur des livres de pathologie, les tempes dégarnies à méditer des ordonnances, les épaules voûtées à se pencher sur des poitrines pour les ausculter. Contraste uniquement extérieur ! À la réflexion tous les dévouements se valent, et celui d'un père de famille qui peine courageusement pour les siens n'est pas d'une autre essence que le sacrifice d'un soldat. Madeleine avait l'âme assez saine pour comprendre cette grandeur des humbles vertus, qui n'est méconnue que des cœurs vulgaires, mais, si raisonnable qu'elle fût, elle gardait dans un arrière-pli de son être cette graine de fantaisie féminine qui s'épanouit en floraisons dangereuses sous le prestige des aventures exceptionnelles et des personnalités frappantes. Rien de plus imprudent que le jeu à quoi elle se préparait : cet effort pour attirer l'attention d'un homme qui, dès la première rencontre, l'intéressait un peu trop. Elle en avait une préconscience, si l'on peut dire, puisqu'elle s'était déjà donné cette justification anticipée : « Si je veux qu'il me remarque, c'est afin de substituer plus tard ma sœur à moi-même, et qu'un goût léger pour moi devienne un sentiment sérieux pour elle. » Sophisme d'une sensibilité à demi ignorante d'elle-même. Il faut toujours en revenir au proverbe dont le plus passionné des poètes, et qui a payé cher son expérience, a fait le titre de son chef-d'œuvre : On ne badine pas avec l'amour… Madeleine eût répondu, si on l'eût interrogée quand elle sortit de sa maison, vers onze heures, sa lettre dans la main, avec sa petite fille, qu'il ne s'agissait d'amour, ni peu ni prou, encore moins d'un badinage, et elle eût été d'une absolue bonne foi ! Une chance s'offrait, cette chance longtemps et vainement cherchée de refaire l'avenir d'Agathe, et la sœur cadette n'eût pas admis une seconde qu'une autre cause lui donnât la vague émotion dont elle était saisie en s'acheminant vers l'hôtel et se posant cette question :

– « M. Brissonnet est-il parti ? Est-il resté ?… Je le saurai tout à l'heure. C'est le moment où Favelles fait sa promenade après son bain et avant son déjeuner. Il sera allé se renseigner, aussitôt sorti… Justement, le voilà…

Et les voilà... »

Madeleine Liébaut avait suivi d'instinct, et comme sans y penser, pour gagner l'hôtel et sa boîte aux lettres, un chemin un peu détourné qui rejoignait l'allée du parc, où le Beau du second Empire étalait volontiers ses élégances de onze heures. Il était là, chaussé des plus fins souliers jaunes, guêtré de coutil clair, dans un complet de flanelle rayée, d'une coupe à lui, qui trouvait le moyen d'antidater, si l'on peut dire, par sa forme, cette toute moderne étoffe. Une fleur s'ouvrait à sa boutonnière, cachant à moitié le mince ruban rouge, militairement porté. Le chapeau de paille posé sur le coin de la tête, le cheveu astiqué, vernissé, laqué, le baron fumait, en dépit de toutes les lois de l'hygiène, son deuxième cigare de la journée. Dans l'orbite de son œil s'enchâssait un monocle d'écaille dont la sertissure spéciale et le large ruban moiré faisaient une prétention. Hélas ! un presbytisme croissant en faisait une nécessité. Ce vieil enfant de près de trois quarts de siècle dressait son torse, tendait son jarret. Il dominait de ses épaules le grêle et maladif héros, tout nerfs et tout énergie morale, qu'était Brissonnet. Le commandant, pauvrement vêtu d'un pardessus de drap sombre visiblement acheté dans un magasin de confections, coiffé d'un chapeau melon vaguement roussi aux bords, les pieds pris dans des bottines à lacets dont les cassures ignoraient les coquetteries de l'embauchoir, eût fait triste mine à côté du seigneur qui le promenait sous les arbres du parc, dans la jolie clarté de cette matinée, n'eût été l'air d'aristocratie comme naturellement répandu sur lui. Son regard, qui vous poursuivait d'une obsession, quand vous l'aviez une fois croisé, l'éclairait tout entier. Mme Liébaut n'eût pas plus tôt rencontré de nouveau ces yeux d'une si extraordinaire puissance d'expression, qu'elle éprouva, comme la veille, un intime sursaut d'obscure timidité. Elle regretta presque d'avoir pris ce chemin. Ses doigts nerveux caressèrent – pourquoi ? Était-ce contenance ? Était-ce appréhension d'un danger ? – les boucles de sa fille, qui leva son joli visage avec un sourire pour lui dire :

– « Maman, voici M. Favelles avec un autre monsieur. Comme il a l'air malade, celui-là ! Et comme ses yeux brillent… »

– « C'est sans doute un voyageur et qui aura pris les fièvres dans des climats tropicaux… » – répondit la mère. Elle avait à peine achevé cette phrase, toute vague et où sa fillette ne pouvait pas deviner qu'elle connaissait parfaitement l'énigmatique personnage ; déjà les deux hommes débuchaient de l'allée, le baron rutilant de l'orgueil d'un cornac qui produit son éléphant, et le cornaqué, tout nerveux, tout contracté, aussi passionnément désireux d'être ailleurs que la jeune femme à qui le présentateur disait :

– « Hé bien ! chère amie, le commandant Brissonnet n'est pas parti… Vous regrettiez son départ. Je l'ai retenu, et je vous l'amène… »

Quand un jeune homme et une jeune femme qui gardent, entre eux deux, sans se connaître encore, le petit mystère d'un secret, même le plus innocent, sont confrontés de la sorte et avec aussi peu de préparations, les premiers mots prononcés par l'un et par l'autre revêtent une signification décisive. La voix, la simple voix de quelqu'un dont on a remarqué la physionomie accroît ou détruit d'un coup un intérêt naissant. Un geste y suffit, une attitude, trop ou trop peu d'aisance. Que Brissonnet eût eu seulement une allure ou très assurée ou très empruntée, qu'il eût émis d'un timbre déplaisant quelque phrase ou prétentieuse ou banale, et le fragile échafaudage de l'édifice sentimental construit en imagination par la cadette pour y abriter le futur bonheur de son aînée, s'écroulait. Ce fut le contraire qui arriva. Aussitôt que Favelles eut proféré cette formule de présentation trop clairement dénonciatrice de l'entretien de la veille, Madeleine se sentit rougir. Elle vit que la brusquerie soulignée de cette phrase ne gênait pas moins Brissonnet. Ses paupières avaient battu sur ses yeux, l'éclair d'un instant, assez pour dénoncer chez cet officier qui avait fait la guerre – et dans quelles conditions ! – une susceptibilité de délicatesse égale à celle de Mme Liébaut. Celle-ci lui sut tout de suite un gré infini de cet accord, et elle éprouva le besoin de marquer sa sympathie au héros intimidé. L'indiscrétion de Favelles lui en fournissait le prétexte. Elle répondit donc :

– « C'est vrai, j'aurais été bien au regret, comme toute vraie Française, d'avoir passé aussi près d'un des compagnons du colonel Marchand, sans lui avoir dit combien tous les miens et moi-même avons admiré le courage des soldats de Fachoda et aussi combien nous les avons plaints… »

Le commandant l'avait regardée, tandis qu'elle parlait, sans timidité cette fois. Elle put lire dans ces prunelles sombres une reconnaissance et une pudeur. Pareil sur ce point à son noble chef, Brissonnet n'aimait guère à parader dans la tristesse de sa vie actuelle avec les fortes actions de sa vie passée. D'ordinaire, on était sûr de le mécontenter en l'interrogeant sur le cruel épisode auquel s'associe le nom du village africain que les Anglais viennent de débaptiser, par respect pour la poignée de braves, ramassés là devant le Sirdar victorieux. Il devina qu'aucune curiosité mesquine ne se dissimulait derrière ces quelques mots de Mme Liébaut, et qu'ils exprimaient un sentiment sincère. Il répondit avec une simplicité pareille, d'une voix qui avait un charme très particulier, – elle était très mâle et très douce, extrêmement ferme dans les notes hautes et caressante dans les notes profondes :

– « Ce n'est pas là-bas que nous avons été à plaindre, madame, c'est depuis… Bien moins que ceux qui ont fait perdre au pays le fruit de notre effort… » Mais il avait trop l'orgueil de ses sentiments pour s'abandonner à sa plus intime douleur devant une inconnue, si sympathique lui fût-elle. Il eût eu l'horreur de se prêter sur un pareil sujet à un échange de propos superficiels. Il détourna donc la conversation : « D'ailleurs, le passé est le passé, » continua-t-il, « l'existence du militaire tient toute dans le verbe servir. Il n'a rien à reprocher à la destinée du moment qu'il peut le conjuguer dans ses trois temps : j'ai servi, je sers, je servirai. M. Favelles prétend que les eaux de Ragatz me mettront en état de dire ce futur sans mensonge. J'avoue que je ne l'espérais guère en venant ici et que je l'espère moins encore…

– « Répétez-lui, chère amie, » dit le Vieux Beau à la jeune femme, « qu'il ait un peu de patience, et quel miracle ces bains ont accompli sur Charlotte. N'est-ce pas, mademoiselle ?… » continua-t-il en s'adressant maintenant à l'enfant qui, tout effarouchée d'être interrogée ainsi, fit tourner, au lieu de répondre, une corde à sauter qu'elle tenait à la main et elle se prit à courir avec dans l'allée.

– « Certes, » fit la mère, « elle n'aurait pas sauté comme cela il y a six semaines… »

– « Et moi, je n'aurais pas pris un contre de quarte avec ce doigté…, » insista Favelles, et, de sa canne, il esquissa un mouvement de fleuret. L'homme du second Empire avait été naturellement dans sa jeunesse un de ces friands de la lame, comme il y en eut tant aux environs de 1865. Une grimace de souffrance contracta son visage, tandis qu'il étendait de nouveau son bras en tournant son poignet raidi et remuant ses doigts noueux. Il exécuta pourtant plusieurs mouvements, puis appuya son bâton à terre en disant un : « Voilà après dix-sept bains… » triomphal, qui plissa dans un demi-sourire les fines lèvres de Madeleine. Un sourire semblable passa sur le visage d'habitude si tragique du commandant. C'était le signe qu'avec un peu de bonheur et de paix, une enfantine gaieté renaîtrait vite dans cet homme sur lequel pesaient trop d'années d'une trop ardente et trop pénible tension. Le vaniteux baron était si fier de ne plus cheminer, courbé et traînant la patte, qu'il ne remarqua pas ce double sourire, et tous les trois s'engagèrent dans l'allée où la petite gambadait toujours en fouettant de sa corde le gros sable bleu pris au lit du Rhin. Mme Liébaut et Brissonnet se taisaient ou presque, et Favelles s'épanchait en souvenirs. Malgré son constant souci d'être à la mode, le besoin de conter faisait sans cesse de lui le classique vieillard de la légende :

laudator temporis acti.

Son geste d'escrimeur lui avait rappelé les bretteurs de sa jeunesse et les belles séances de terrain, au sortir de la Maison d'Or et du Café Anglais. Les aventures aujourd'hui oubliées d'aimables compagnons qui furent de charmants causeurs et des gloires de salles d'armes revenaient dans son discours : celles d'Alfonso de Aldama, de Georges Brinquant, de Saucède. Madeleine écoutait d'une oreille distraite ces noms qui ne lui représentaient même pas des fantômes, – et ceux qui les portaient ont été des vivants si vivants ! – À la dérobée, elle étudiait l'officier d'Afrique, retombé à cette habituelle méditation qui semblait le transporter bien loin, là-bas, aux pays du ciel torride, de la forêt primitive et du danger. Ils n'avaient pas fait deux cents pas de la sorte ; soudain et sans que rien eût pu faire prévoir cette résolution, le commandant prit congé avec une telle brusquerie que Favelles lui-même en demeura décontenancé :

– « On vous verra cette après-midi ?... » demanda-t-il. « Mais qui vous presse ?... »

Et comme Brissonnet s'éloignait, après une réponse aussi évasive que brève :

– « Il a de ces accès de sauvagerie, » dit le baron, « qu'il faut lui pardonner. Je ne serais pas étonné que le soleil du Congo lui eût frappé la tête... Soyez indulgente pour lui, madame Madeleine. Il n'a pas causé ce matin... Baste ! vous le reverrez. On ne peut pas se manquer les uns les autres dans cette cuvette qu'est Ragatz... Je crois m'apercevoir qu'il vous a déçue. Je lui ferai prendre sa revanche... »

La psychologie de l'ancien sous-préfet avait sans doute été plus pénétrante, quand il travaillait pour son propre compte. Sans quoi il n'eût assurément pas mérité la note flatteuse trouvée dans l'armoire secrète des Tuileries. Ce départ subit du commandant était précisément le contraire de cette maladresse déplorée par le présentateur. Durant les toutes premières minutes, le plaisir de trouver l'énigmatique personnage de la gare et du restaurant si pareil à son imagination avaient enhardi la timide Madeleine, mais déjà elle commençait à se reprocher une familiarité trop hâtive avec un nouveau venu qui pouvait la mal juger. Cette fuite inopinée calma aussitôt ce léger frisson de scrupule. Elle recommença de se livrer au songe caressé la veille et le matin, d'autant plus librement qu'après sa lettre si franche à son mari, elle ne gardait aucune arrière-pensée. Comment l'idée lui fût-elle venue qu'un sentiment personnel se mélangeât à un dessein si désintéressé : un mariage à ménager peut-être entre l'officier glorieux et malheureux, d'une part, et de l'autre, sa sœur malheureuse elle aussi, dans sa richesse et avec son nom ? Un seul point troublait la conscience de la prudente bourgeoise qu'elle restait, même dans son romanesque : elle ne savait de Brissonnet que ses actions d'éclat. Elle ignorait tout de sa famille. Quand le soir, elle se retrouva de nouveau avec Favelles, après dîner, elle employa des ruses de diplomate à l'interroger sur les origines du commandant, sans avoir l'air de s'y intéresser.

– « C'est là le malheur, » répondit Favelles. « Il vient d'en bas. Il a brûlé l'étape, comme on dit. Ses parents étaient des cultivateurs près de Périgueux. Ils ont fait de gros sacrifices pour l'élever. Je rends à Brissonnet cette justice : il n'en rougit point. Il vous raconterait lui-même, s'il vous connaissait mieux, le dévouement de ce père et de cette mère – qu'il a perdus, voyez quelle épreuve, pendant qu'il était en Afrique ! … Pourtant cette humble origine se sent à des nuances. Ainsi la façon dont il nous a quittés ce matin… Ah ! si je pouvais en faire un homme du monde ! Avec sa tournure, s'il arrivait simplement à comprendre quelle force c'est de se mettre en habit tous les soirs… ! » Quand l'ancien sous-préfet prononçait de ces formules, le sérieux de son rouge et important visage d'ex-viveur et d'ex-fonctionnaire était vraiment impayable. « Il ferait le mariage qui lui plairait, d'autant plus qu'il n'a pas de mauvaises manières. Il a des façons dignes, dans leur maladresse. Ça, c'est le soldat. Il est pauvrement mis, mais soigné sur lui. Ce qui lui manque… » ajouta le Vieux Beau avec un clignement d'yeux où reparaissait l'homme de l'odor di feminita… « ce qui lui manque, c'est d'avoir intéressé une femme comme il faut… » Puis voyant les jolis sourcils de Mme Liébaut se froncer à cette phrase, qui ressemblait fort à une insinuation : « Vous me trouvez très immoral, » insista-t-il. « Mais cet intérêt pourrait être innocent, – en tout rien tout honneur… »

Il rit gaiement de son médiocre à peu près, en ajustant son monocle avec la plus comique fatuité. C'était là un autre trait de son caractère et très logique : il adorait étonner les jeunes femmes dont il s'occupait, comme de Mme Liébaut, en Sigisbée désintéressé et sincèrement dévoué, par ces sous-entendus de demi-cynisme. Ne supposaient-ils pas une longue expérience de haute galanterie ? Madeleine lui savait ce ridicule. D'habitude elle n'y prenait pas plus garde qu'aux élégances surannées dont il parait sa décadence. Son optimisme délicat, et que sa sœur lui reprochait tant, s'obstinait à voir dans le Don Juan démissionnaire, – combien malgré lui ! – les qualités réelles qu'il conservait : sa bonhomie et son obligeance, son courage devant les infirmités commençantes et la mort prochaine, la noblesse surtout de sa fidélité à la cause, aujourd'hui vaincue, qu'il avait servie tout jeune. Cette fois elle fut trop vivement choquée pour ne pas le faire sentir à son interlocuteur qui en resta un peu penaud.

– « J'ai fait une gaffe, » dit-il, quand Madeleine l'eut quitté après s'être laissé reconduire comme la veille, jusqu'au seuil de sa villa, sans plus lui répondre, sinon par des monosyllabes. « C'est prodigieux qu'une aussi jolie petite Ève n'ait pas la moindre envie du fruit défendu. Son mari est un brave homme et un bon médecin. Son diagnostic est de premier ordre. Tout de même, ce lourdaud d'hôpital apparié à cette fine Parisienne, c'est un peu fort... Un percheron attelé avec une pouliche arabe. Ils ne sont vraiment pas du même pied. Et la pouliche ne rue pas dans les traits ! Et le voiture conjugale roule sans verser !... Tiens, la comparaison est drôle. Je la travaillerai. Il y a un mot là dedans que je placerai... Un percheron ?... Une pouliche ?... Un carrossier et une cobbesse, ce serait mieux... »

* * * * *

Cette métaphore irrévérencieuse attestait les goûts hippiques du baron. Il avait, dans ses beaux jours de grande piaffe, mangé une vingtaine de mille francs, comme propriétaire d'un quart d'écurie de courses. Elle lui revint le lendemain, à revoir la jeune femme de son docteur, qualifiée si cavalièrement, – imitons son genre d'esprit, – à côté de son protégé Brissonnet, dans une circonstance qui aurait dû le rendre jaloux de l'officier. Mais le véritable Vieux Beau, le Vieux Beau bon teint – sans épigramme ni équivoque, – n'est pas jaloux des succès des autres. Il est trop saturé de fatuité. Favelles venait donc, après avoir couru vainement après Brissonnet toute la matinée, de le retrouver en train d'écouter la musique sous les arbres de la charmille aménagée au milieu du parc, et, naturellement, il l'avait entraîné vers l'allée où Mme Liébaut s'installait le plus volontiers. Elle venait là, souvent, vers les trois heures, avec sa petite fille. Assise sur une chaise à l'ombre des branches, elle travaillait indéfiniment à quelque ouvrage avec cette patience qu'elle mettait à toute besogne. Cette rêveuse n'était jamais une oisive. Elle ne lisait guère. Les chimères dont se nourrissait sa fantaisie lui faisaient, sans qu'elle s'en rendît compte, paraître prosaïques et froides les inventions des écrivains. Cette après-midi elle avait emporté, pour occuper ses mains, des écheveaux d'une fine laine mêlée de brins de soie, destinée à se transformer en un souple mantelet pour Charlotte. Elle avait mis sa chaise sous un grand arbre où la brise éveillait un lent frémissement de feuilles, de quoi accompagner et bercer sa songerie. Sous son grand chapeau de légère mousseline pâlement rose, son souple corps pris dans une robe de batiste assortie, ses jolis doigts sortant des longues mitaines de dentelle sous lesquelles transparaissait la chair délicate de l'avant-bras, c'était une apparition de jeunesse à la croire la très grande sœur de la petite fille qui jouait près d'elle comme la veille, mais cette fois avec un cerceau. Un des ruisseaux épanchés de la montagne vers le Rhin contournait, à travers les saulaies, l'espèce de quinconce que Madeleine avait choisi pour sa retraite. Comme le baron Favelles et le commandant s'approchaient, Charlotte les aperçut, et dans une de ces crispations de mouvements que la timidité inflige aux enfants trop nerveux, elle donna un coup de baguette si maladroit que le cerceau roula dans la petite rivière. L'enfant jeta un léger cri qui fit se relever la tête de sa mère. La petite se tenait sur le bord de l'eau immobile, les bras pendants, consternée de voir le fragile objet emporté par le flot rapide. Le cerceau allait, allait, pliant encore les herbes déjà courbées par le courant, contournant les pierres autour desquelles cette eau écumait en blanche mousse, jusqu'à ce qu'il s'arrêtât quelques secondes, retenu dans un petit coude que faisait le ruisselet. On voyait le bois mince émerger de l'eau, et se mouvoir, tantôt projeté vers la terre, tantôt attiré vers la pointe de cette sorte de cap. Une poussée plus forte du courant, la pointe serait doublée, et le cerceau emporté au loin… Tout à coup, Charlotte jeta un nouveau cri, de surprise cette fois et d'espérance. Brissonnet venait de franchir d'un bond cette largeur du ruisseau. Il était sur l'autre rive, marchant parmi les hautes herbes, du pas leste d'un familier de la brousse. Il s'était penché en se suspendant tout entier d'un bras à une grosse branche d'arbre. De sa main libre, il avait saisi le cerceau, et déjà un autre bond l'avait ramené sur la rive où l'attendait la petite fille sur le bord de l'eau. Dans cette action si simple, mais qu'un gymnaste professionnel pouvait seul accomplir, il avait déployé une grâce dans la force qui contrastait singulièrement avec son apparence maladive et la structure de ses membres grêles sous la jaquette étriquée. L'explorateur avait reparu, et toutes les adresses physiques acquises par l'entraînement de plusieurs années de vie sauvage. C'est aussi la première idée qu'énonça Favelles, qui avait rejoint Mme Liébaut pendant les cinq minutes qu'avait duré ce tour de force ; et tandis que l'enfant accueillait la reprise de ce jouet perdu avec des exclamations de joie :

– « Il s'est cru de nouveau en Afrique, notre commandant, » fit-il, « Si tous les soldats du colonel Marchand avaient cette agilité, je ne m'étonne plus de la route qu'ils ont parcourue… » Et, tout de suite, continuant son métier de cornac, avec cette vanité du reflet, de tous les snobismes le plus inoffensif : « Maintenant que vous êtes une paire d'amis, mademoiselle, » – il s'adressait à Charlotte revenue auprès d'eux, – « demandez au commandant de vous raconter où il a appris à sauter ainsi. Deux mètres et quart. Mais oui, elle a bien deux mètres un quart… cette rivière. Hé ! Hé ! On franchirait d'autres distances quand il s'agit de mettre l'espace entre un lion et soi… »

– « Un lion ? » demanda la fillette. « Vous avez rencontré un lion, monsieur ? »

– « J'en ai rencontré cent, » répondit Brissonnet, en riant malgré lui du regard stupéfié de la petite Parisienne, « deux cents… Mais M. Favelles me fait trop d'honneur en m'attribuant une vitesse à la course capable d'échapper à la poursuite d'un fauve… Je n'en ai jamais eu le besoin d'ailleurs. Quand un homme rencontre un lion, mademoiselle, sachez-le, c'est toujours le lion qui commence par se sauver. Ça miaule très fort, ces grandes bêtes. Ce ne sont que d'énormes chats, voyez-vous… »

– « Demandez-lui donc alors, d'où lui vient cette cicatrice ?… » reprit Favelles. L'officier n'eut pas le temps de cacher sa main gauche qui montrait une longue trace pareille à celle d'une ancienne brûlure. « Allons, Brissonnet, racontez cette histoire sans fausse modestie, comme vous avez fait à l'un de nos dîners. Vous jugerez, mademoiselle, si les lions sont les gros chats inoffensifs dont il parle… »

– « Vous ne refuserez pas ce plaisir à Charlotte, monsieur… » dit la mère en attirant contre elle sa fille rougissante de curiosité. Ces quelques propos avaient été échangés si rapidement que Madeleine se trouva avoir prononcé cette prière, de nouveau, sans presque s'en être rendu compte. Favelles avait familièrement placé une chaise à côté de sa chaise à elle. Il s'y était assis, pendant que Brissonnet restait debout. La phrase de Mme Liébaut équivalait à une autorisation de s'asseoir à son tour. Sur le visage de l'officier passa une contrariété. Les récits de ses propres aventures lui étaient toujours désagréables. À cette minute, et dans la présence de cette femme qui avait fait sur lui une trop profonde impression depuis ces quarante-huit heures, ce désagrément allait jusqu'à la souffrance. Il s'exécuta pourtant avec cette simplicité un peu fruste qui est souvent celle des gens de guerre. Elle a son charme puissant quand on la sent très vraie et non jouée.

– Cette fois-là, » dît-il, « tout est arrivé par ma faute… Ou plutôt, » rectifia-t-il, « par la faute du hasard. Voici la chose. Nous étions en train, cinquante hommes et moi, de procéder à une reconnaissance. Le chef ne nous avait pas caché qu'il redoutait beaucoup les parages où il nous envoyait, habités par des anthropophages… Mes hommes étaient braves, mais, ce jour-là, le troisième depuis que nous avions quitté le camp, je les sentais flotter. Pourquoi ? Ces paniques latentes ne s'expliquent pas. Il faisait une chaleur terrible. Nous venions de marcher ces quarante-huit heures le long d'un lac vaste comme une mer, sans rencontrer un être vivant, sous d'énormes arbres. Nous allions, emboîtant le pas l'un à l'autre, en file indienne, et moi le dernier. À un moment la file entière s'arrête. Je cours en avant pour savoir la cause de cette soudaine immobilité, et je vois, à cinquante mètres, un lion debout, énorme, qui nous regardait. Je fais signe à mes hommes de ne pas bouger. Le plus tranquillement que je peux, je prends mon fusil, je l'arme et je mets le genou en terre pour ajuster la bête. Je commandais, c'était à moi de donner l'exemple du sang-froid… Le lion me regardait avec étonnement, en se fouettant les flancs avec la queue. Je lâche mon coup. Je me croyais très sûr de ma balle. Je l'avais seulement blessé, et d'une blessure légère qui n'intéressait aucun muscle, car il commença à marcher sur moi, en pataud, très lourdement. Ils n'ont de légèreté que lorsqu'ils bondissent. J'avais une seconde balle à tirer. Je ne voulais la placer qu'à coup sûr. J'attendais donc, et voilà que, tout d'un coup, une pétarade éclate à mes côtés, au-dessus de moi, autour de ma tête. C'étaient mes hommes qui, sans ordre, fusillaient le lion, – et qui le manquaient. La bête s'arrête, comme stupéfaite, et, se ramassant, elle bondit. Quand j'ai vu en l'air ce grand ventre blanc, j'ai bien cru que c'était fini. Je tire quand même, et cette fois je traverse le cœur. Mais l'élan du lion était pris, et il me serait tombé dessus si je n'avais fait un écart qui ne l'a pas empêché de m'emporter le bras à moitié dans son agonie… Voilà toutes mes chasses aux lions, mademoiselle, » conclut-il, « et je n'ai même pas la peau de celui-là. Nous étions pressés et n'avions que trop de bagages. Nous l'avons abandonné…

– « L'existence d'Europe doit vous paraître bien monotone, par contraste avec des sensations pareilles… » dit Mme Liébaut, après un silence.

– « Quelquefois, » répondit-il. « Mais ce ne sont pas les dangers qui rendent les expéditions comme celles-là inoubliables. Ce sont des impressions de libre nature comme on n'en retrouve plus dans nos vieux pays trop civilisés. Puisque nous en sommes sur le chapitre des lions, permettez-moi de vous raconter un autre épisode, moins tragique, mais plus significatif… Il m'est arrivé une nuit, au camp, d'être réveillé par un bruit singulier. Je regarde à travers un des interstices de la toile, et je vois, dans la clairière où nous avions dressé nos tentes, un lion, sa lionne, et deux lionceaux qui passaient. La lune inondait le camp d'une lumière aussi distincte que celle du jour. Le mâle était visiblement inquiet. Il considérait ces cônes blancs placés de distance en distance, et s'arrêtait à chaque minute, en reniflant. La femelle, indifférente à tout excepté à ses petits, les exerçait à marcher. Les lionceaux faisaient cinq pas, six, sept, gauchement, sur leurs grosses pattes, puis ils roulaient. La mère, couchée sur le dos, jouait alors avec eux. Elle les forçait à se redresser de nouveau ; les six ou sept pas de marche recommençaient, et la chute, et les jeux… Cette étrange famille mit au moins une heure à traverser l'espace illuminé par la lune, et à disparaître dans la forêt… Je n'eus pas une seconde l'impression du péril, mais que j'assistais à une merveilleuse scène de la vie primitive. Cette visite de ces quatre lions, la nuit, ç'a été une fête, un spectacle comme je n'en ai jamais vu dans les plus célèbres théâtres… Monsieur le baron, vous me trouvez bien naïf, n'est-ce pas ?… »

Favelles s'était mis à rire en effet sur ces derniers mots. L'explorateur ajouta, prenant cette expression presque enfantinement effarouchée qu'il avait quelquefois : – « J'aurais dû me défier. Entre un Parisien comme vous et un Africain, la partie n'est pas égale. Vous vous moquez de moi. Avouez-le. »

– « Pas le moins du monde, » dit vivement Favelles. « Mais quand vous avez prononcé le mot de théâtre, j'ai pensé qu'il n'y a pas besoin d'aller si loin pour jouir d'un spectacle comme celui que vous décrivez si joliment... Votre famille de lions, je l'ai vue, moi qui ne quitte pas souvent les Champs-Élysées, au Cirque d'été, ce charmant Cirque d'été que ces brigands ont démoli. » Ces brigands, on le devine, c'étaient, pour le fidèle du second Empire, tous les gouvernants, sans aucune exception, depuis la honteuse journée du 4 Septembre. Il fallait l'entendre prononcer ces mots : le Cirque d'été, pour comprendre ce que lui avaient représenté pendant des années, à lui comme aux élégants de sa génération, ces samedis de mai et de juin où tout le Paris qui s'amuse se donnait rendez-vous autour de la piste, solennel royaume du solennel M. Loyal. « Oui, » continua-t-il, « je ne sais plus à quelle époque on avait installé une grande cage au milieu de l'arène. On y montrait un lion et une lionne qui venait de mettre bas, avec deux petits... On faisait tout à coup la nuit, et l'on baignait d'électricité les quatre bêtes... Les deux lionceaux et la mère jouaient sous ce faux clair de lune tout comme les vôtres, tandis que le père allait et venait comme votre lion. On les avait dressés à cela. Ce rapprochement d'idées m'est venu, et j'ai souri... Moralité, comme pour les fables, puisqu'il s'agit d'animaux : les Africains deviennent très vite bien Parisiens. Un peu de dressage y suffit. C'était l'histoire de ces lions, Brissonnet. Ce sera la vôtre. À la façon dont vous contez, ça l'est déjà... »

Celui que l'officier, peu au courant des usages, appelait plébéiennement « monsieur le baron », s'était cru très aimable en exprimant ce compliment au narrateur. Il ne se doutait pas qu'il touchait, par cette comparaison avec des lions domestiques, la place la plus malade de cette sensibilité. Une ombre passa dans les yeux profonds du soldat, qui avait contemplé tant de scènes tragiques ou sauvages, toutes grandioses. Avoir rêvé, avoir vécu une épopée héroïque, et que plusieurs années d'un sacrifice sublime et renouvelé toutes les heures, aboutissent à une figuration, comme celle de l'entrée à Paris de Marchand et de ses camarades, puis à une curiosité autour d'un nom ! C'était la mélancolie qui rongeait Brissonnet depuis son retour. L'évocation par Favelles, de ces lions, pareils à ceux qu'il avait rencontrés dans le désert, et devenus des « numéros » dans un programme de cirque, était le symbole trop saisissant de sa destinée. Il y eut un silence que le Vieux Beau, ravi de son anecdote à lui, n'interpréta pas dans sa vérité. Madeleine, avec son tact de femme, devina quelle impression avait passé sur le cœur ulcéré du jeune homme, et comme d'un geste instinctif elle voulut panser cette plaie soudain rouverte :

– « Je ne sens pas du tout comme vous, » fit-elle en s'adressant à Favelles... « Je n'ai jamais pu supporter de regarder un fauve dans une cage. Ils souffrent trop. Je serais sortie du cirque plutôt que d'assister à cette parodie : ces jeux de cette lionne et de ces lionceaux à seule fin de divertir ce public blasé, avec cette perspective pour ces pauvres bêtes qui ont tant besoin d'espace, de finir poitrinaires entre des barreaux !... Au lieu qu'en écoutant M. Brissonnet, je voyais cette clairière, cette forêt, ce clair de lune, ces admirables animaux, et je l'enviais... Je lui étais reconnaissante surtout, » continua-t-elle en attirant son enfant à elle, « de prendre tant de peine pour Charlotte... Allons, » acheva-t-elle en s'adressant à celle-ci, « dis merci à M. le commandant Brissonnet, pour la belle histoire... »

– « Merci, monsieur, » répéta la petite fille, puis, avançant son fin visage, et câline : « Vous n'en savez pas d'autres, monsieur ? »

– « Toute la femme est là, » dit Favelles en esquissant un bravo avec des mains. « Quand Ève dans le jardin eut pris la pomme que lui présentait le serpent, elle a dû lui demander aussi : où est l'autre ? »

– « C'est une petite indiscrète, » interrompit la mère, « et vous allez finir de me la gâter si vous avez l'air de trouver cela naturel... »

Son geste démentait la sévérité de son langage, car elle flattait la joue de la petite fille qui s'était tapie contre elle, pour se faire pardonner, la tête sur ses genoux. Puis, revenant à son projet, – pour justifier derechef à ses propres yeux l'intimité trop grande de cet entretien, – elle ajouta : – « Quel dommage que ma sœur soit partie avant-hier ! Elle qui s'intéresse tant aux récits de voyage, elle se serait beaucoup plu à causer avec le commandant !... » Elle observait ce dernier, du coin de l'œil, en prononçant ces mots. Il lui sembla qu'à cette mention de la voyageuse, il avait tressailli légèrement. « Si pourtant elle lui avait déjà fait une impression ? » Cette petite phrase se prononça en elle, distinctement, et fut la cause que, s'étant levée pour continuer seule se promenade avec sa fille, elle laissa Favelles et Brissonnet l'accompagner sans plus de remords, inavoués ou non. S'il était vrai que le souvenir d'Agathe aperçue quelques instants à la portière d'un wagon resta si vif dans la mémoire de l'officier, la moitié du travail était faite. Les huit jours qu'elle avait à passer aux eaux avec le jeune homme suffiraient à parachever le reste.

IV

UNE ÂME DE SOLDAT

Madeleine Liébaut ne s'était pas trompée : celui dont elle rêvait romanesquement de faire son beau-frère avait été frappé d'une impression très forte par la grâce exquise du visage d'Agathe apparu à la fenêtre du compartiment. Mais elle n'avait pas deviné que le travail qu'elle souhaitait d'accomplir s'était accompli déjà, en partie du moins, en sens inverse ; il avait suffi que l'officier la vît, elle, traverser la salle à manger, le premier soir, et ensuite qu'il causât avec elle, dans le vaste parc rempli du chant et du vol d'innombrables oiseaux. L'extraordinaire ressemblance des deux sœurs entre elles avait aussitôt dérivé sur la cadette l'admiration éveillée par le coup de foudre de la beauté de l'aînée. C'était bien Mme de Méris qu'il avait remarquée à la gare, et il l'avait aussitôt retrouvée dans l'autre, si bien qu'il en avait oublié la première, aperçue l'éclair d'un instant. Oublié ? Non, il les avait confondues. Aurait-il pu d'ailleurs distinguer l'absente de la présente, celle qu'il avait vue se pencher souriant hors du wagon, et la présente, celle qui allait et venait à côté de lui dans ce cadre de verdures, de montagnes et d'eaux qui cerne Ragatz ? De cette vallée fraîche et sauvage, Madeleine fut tout de suite pour Brissonnet la vivante fée. L'image de cette fine créature aux yeux profonds et spirituels, aux traits délicats, aux gestes menus, et que l'on devinait si frémissante sous sa grâce contenue, devait s'associer dans sa pensée désormais et pour toujours à ces pentes ombragées de sapins et de mélèzes, à ces ponts de troncs d'arbres jetés sur les torrents, à ces gorges dont les roches sauvages surplombent des eaux bouillonnantes et racontent la fureur d'antiques cataclysmes, à ces prairies fauchées de la veille et parfumées de l'arôme des foins, au joli paradoxe de ce village d'eaux, de cette oasis d'élégance abritée dans cette vallée perdue. Pour lui aussi ces huit jours de rencontres quotidiennes allaient être une oasis – la première où il lui eût donné de s'arrêter et de se reposer dans le charme que répand autour d'elle, rien qu'en existant, une femme secrètement et silencieusement aimée.

Le petit drame sentimental dont le premier acte se déroula durant cette semaine – sans événements comme tant de tragédies de cœur à leur début, – serait inintelligible, si l'on n'indiquait pas dès maintenant dans quelles dispositions d'âme l'officier d'Afrique se trouvait alors. Elles expliqueront la soudaineté d'une passion qui risquera de paraître un peu bien rapide. Pourtant, l'expérience le prouve trop : les invasions les plus puissantes de l'amour sont le plus souvent les plus subites. Grandi – Favelles avait dit vrai – dans des conditions très humbles, Brissonnet avait jusqu'à sa vingt-quatrième année travaillé avec une ardeur si âpre pour suppléer aux lacunes de son instruction et sortir de Saint-Maixent dans les premiers rangs, qu'il n'avait littéralement pas eu le loisir de sentir son cœur. Ses curiosités féminines s'étaient bornées à de banales aventures sans poésie et sans lendemain. Et tout de suite, ç'avait été l'Afrique, non pas celle des séjours dans les cabarets de la côte, parmi les verres d'absinthe, les parties de cartes et les créatures, mais celle des marches forcées, des luttes sans répit contre le climat, contre les bêtes féroces, contre les hommes, enfin la préparation et l'exécution, sous Marchand, de cette étonnante traversée de tout le monde noir. Au retour, il avait retrouvé les difficultés de carrière, résultat de la malveillance des pouvoirs publics à l'égard des membres de la mission. Des chagrins de famille s'y étaient mêlés, puis une crise de santé, mais surtout il avait connu ce vague état de misanthropie farouche qui se développe si aisément chez les gens de guerre soudain réduits au repos. Ces diverse circonstances combinées n'avaient pas permis à l'explorateur d'autres émotions que celles de l'ambition déçue. Il y avait donc en lui une immense et secrète réserve de tendresses demeurées intactes, une force de passion latente, si l'on peut dire. Cet aspect de héros de roman que Madeleine avait signalé à sa sœur, sur un ton mi-sérieux, mi-railleur, ne mentait pas. Toute la douleur subie dans l'action, depuis ces quelques années, avait avivé et comme mis à vif la sensibilité du soldat au lieu de l'endurcir. C'est l'histoire ordinaire des hommes d'entreprise et de danger : à trop subir et de trop dures choses, s'ils ne perdent pas toute faculté d'aimer, ils deviennent presque morbidement émotifs. Cette anomalie apparente n'est que logique : les âmes très fortes vont naturellement à l'extrême de leurs qualités et de leurs défauts. Sont-elles nées avec des tendances à l'égoïsme ? Elles ont bientôt fait de les outrer, d'abolir en elles tous les éléments qui s'opposeraient au développement implacable de leur personnalité. Ont-elles reçu, au contraire, avec la vie, cet instinct de dévouement, cet appétit des impressions tendres qui est comme un sens à part, – aussi inintelligible à ceux qui ne le possèdent pas que peut l'être la lumière à un aveugle ou le son de la voix à un sourd ? – la destinée peut les jeter dans les chemins les plus contraires à leurs dispositions primitives, il suffit d'un incident, et le Roméo qui a trop souvent passé l'âge d'être aimé, un Don Quichotte dont la Dulcinée n'a pas attendu son chevalier. Le premier cas n'était pas celui du commandant Brissonnet. Les terribles fatigues de ses campagnes d'Afrique ne lui avaient pas plus enlevé la jeunesse du visage que celle du cœur. L'autre cas n'était pas celui de Mme Liébaut. La sœur d'Agathe réalisait si bien en elle, malgré le bourgeoisisme de sa naissance et de son mariage, le type accompli de grâce et de noblesse qu'un dévot des cours d'amour eût rêvé pour sa Dame ! Il était impossible d'imaginer un ensemble de conditions mieux agencées pour porter aussitôt deux êtres au plus haut degré de séduction réciproque. Il y avait de quoi faire trembler, pour elle et pour lui, quelqu'un qui n'eût pas été un vieux Parisien ironiste comme Favelles. Mais l'ancien viveur, que le hasard rendait témoin de ce début de passion, n'était pas de ceux qui prennent au tragique des aventures de cette sorte. Cette idylle ne devait être pour lui qu'une comédie, où la note gaie était donnée par les enfantillages de ce héros, mêlé des années durant aux plus violentes sensations de la chasse et de la guerre. Et maintenant son pouls, que l'approche de la plus redoutable mort avait laissé si souvent calme, allait battre de fièvre à la seule idée que ce soir, que demain il reverrait la silhouette de cette femme, inconnue de lui si peu de temps auparavant ! Oui, pendant toute cette fin du séjour de Mme Liébaut, les énergies de Brissonnet allaient se dépenser à prendre des résolutions de cette importance : sortirait-il à l'heure où il savait qu'elle sortait ? Irait-il, après le déjeuner, sous la vérandah de l'hôtel où il était possible qu'il la rencontrât avec le baron Favelles ? Passerait-il près de sa villa avec la chance d'y parler à la petite Charlotte ? Chacun de ces riens allait représenter pour ce brave de véritables drames de timidité !

C'était cette timidité, si absolument, si naïvement sincère, qui lui avait, le premier soir, rendu impossible de supporter la présentation à Madeleine, après le petit incident de la gare. Cette même timidité l'avait fait s'échapper presque sauvagement, au cours du premier entretien qui avait suivi la rencontre du lendemain. Il ne s'était pas mépris en imaginant qu'elle l'étoufferait de nouveau à la prochaine occasion, en dépit de la grâce d'accueil déployée par elle dans cette seconde rencontre de la petite rivière, si inattendue pour lui. Ne s'était-il pas laissé aller à y raconter ses exploits de chasse, comme une émule de l'illustre Tartarin, lui le plus muet des hommes, à l'ordinaire, sur ses propres faits et gestes ? Il n'allait pas être plus hardi à la troisième rencontre. Vingt-quatre heures s'étaient passées de nouveau, durant lesquelles il s'était demandé s'il aurait ou non la chance de revoir la jeune femme, d'abord le matin, – et il avait erré dans tout le parc sans que la silhouette, passionnément contemplée la veille, apparût sous les arceaux taillés des grands arbres, – puis l'après-midi, et il s'était approché de la vérandah. – Après le déjeuner Mme Liébaut lui était apparue, comme il le prévoyait, assise auprès du baron Favelles, et occupée de la plus prosaïque manière dans ce prosaïque décor d'une terrasse d'hôtel de saison. Elle buvait tout simplement une tasse de café, tandis que son vieux cavalier servant dégustait un petit verre de fine champagne en tirant des bouffées de son éternel cigare, en dépit des prescriptions du docteur. Eux aussi, le Vieux Beau et la jeune femme, avaient aperçu l'amoureux qui, brusquement, fit volte-face et s'enfonça dans les allées, non sans que l'ancien fonctionnaire ne soulignât cette soudaine et déconcertante disparition, d'une phrase :

– « Décidément notre tueur de lions est moins apprivoisé que je n'aurais cru, d'après ses façons d'hier… Il vous a vue, et regardez-le se sauver… »

– « Pourquoi croyez-vous qu'il nous a vus ? » demanda Madeleine en rectifiant.

– « Vous ! » répondit Favelles. « Je répète : vous… Raisonnons. Il n'a pu venir de ce côté qu'avec l'idée de me retrouver ; il sait mes habitudes. S'il n'a pas poussé jusqu'ici, c'est qu'il a eu un motif. Lequel ? Votre présence, ma chère amie. Vous l'embarrassez… Songez qu'il a été habitué, des années durant, à ne parler qu'à des dames noires – coloured ladies, comme on dit en Amérique. Ces beaux cheveux blonds et ce joli teint rose le changent un peu trop… »

– « Un madrigal… » fit la jeune femme en menaçant Favelles de son doigt levé. « Notre pacte tient toujours. Vous devez une discrétion… » Puis, moqueuse, peut-être pour ne pas laisser deviner le secret plaisir que lui causait le subit retour du promeneur, ramené de leur côté par une autre volte-face. « Raisonnons, soit.

Mais vous vous en acquittez bien mal, mon pauvre baron. M. Brissonnet a si peu peur de moi qu'il revient sur ses pas. Cette fois, il nous a vus, et se dirige-t-il vers nous, oui ou non ? »

Favelles assura son monocle d'écaille dans son arcade sourcilière, afin de constater l'approche du jeune homme, et aussi d'étudier l'attitude de la jeune femme. Si avisé qu'il fût, il ne discerna pas la nuance du sentiment qu'elle éprouvait. Il dit tout haut, en hochant sa vieille tête de jugeur d'amour, un énigmatique : « Quel enfant !... » Cette évidente gaucherie de son protégé paraissait souverainement maladroite à son expérience, et c'était de nouveau la plus adroite des tactiques, comme aussi la plus inconsciente. Madeleine était mariée. Elle était mère. De chacun de ses mouvements émanait une atmosphère de pureté. L'officier ne la connaissait que depuis trois jours, et, déjà, il se fût méprisé de seulement supposer qu'elle pût jamais cesser d'être une honnête femme, tant il avait compris que cette bonté et cette grâce étaient toutes mêlées de vertu, que cette finesse de façons accompagnait une irréprochable délicatesse de conscience. Mais être sûr que l'on ne sera jamais aimé, est-ce une raison pour ne pas aimer ? Si quelque chose peut toucher le cœur d'une femme fidèle à ses devoirs, n'est-ce pas cette passion dans le respect, cette hésitation de l'amoureux sans audace qui veut plaire, qui ne le veut pas, qui avance, qui recule ? Ce trouble, qu'il n'a pas la force de cacher, désarme chez celle qui l'inspire l'instinct de défense, aussitôt éveillé devant le désir avoué. Si cette honnête femme porte elle-même, dans un intime repli de son être, une place tendre sur laquelle l'amoureux timide a fait une impression, elle se donne alors des raisons pour n'être pas trop sévère à cet intérêt qu'elle provoque, au lieu de s'en donner pour s'en défendre. Elle se dit qu'elle n'a rien à redouter. Elle peut même, par un de ces sophismes que les plus sévères fiertés se permettent, se dire que cet intérêt est seulement une admiration trop émue, un commencement exalté d'amitié. D'ailleurs n'entrait-il pas dans le programme imaginé par Madeleine que Brissonnet fût un peu amoureux d'elle, – juste assez pour qu'ensuite, lorsqu'il reverrait sa sœur, et grâce à l'attrait d'une ressemblance surprenante jusqu'à l'identité, cette fantaisie se tournât en un sentiment sérieux pour celle qu'il pouvait épouser ? Ne sera-ce pas de quoi justifier au regard des plus austères moralistes, le sourire avec lequel elle répondit de nouveau au commandant, quand il eut enfin osé la saluer, – sourire si charmant que le jeune homme, après s'être promis à lui-même de s'éclipser aussitôt, par crainte d'être indiscret, accepta au contraire l'offre du baron Favelles et s'assit à leur table ? Celui-ci, continuant son rôle de cornac avec d'autant plus de verve qu'il en constatait le succès, aiguillait la conversation dans le même sens que la veille :

– « Hé bien ? » disait-il à Brissonnet en lui montrant d'un geste le tableautin délicieux que formait l'angle du parc, terminé en un jardin planté de roses, avec l'horizon des montagnes là-bas, bleuâtres et profilées à travers les arbres : « Vous ne regrettez pas l'Afrique aujourd'hui ?… Ragatz vous réussit. Vous n'avez plus l'air fatal que je vous ai tant reproché à Paris, quand nous nous sommes vus après votre communication au Comité. Vous vous souvenez ?… Maintenant, j'avoue qu'il y avait de quoi. On deviendrait morose à moins… Vous ne vous figurez pas, madame, » ajouta-t-il en s'adressant à Madeleine, « à quelles persécutions le colonel Marchand et ses compagnons ont été en butte de la part de nos affreux politiciens… » Et il allait entamer un récit que l'officier interrompit :

– « N'ennuyez pas Mme Liébaut de ces misères, monsieur le baron. Si je vous les ai dites, à l'époque, c'était pour éclairer ces messieurs du Comité. Quant à moi, je n'y ai jamais vu qu'une des épreuves naturelles de mon métier de soldat. Si ce métier ne consistait qu'à se faire tuer, il serait à la portée de tous. S'il ne consistait qu'à conquérir des territoires nouveaux et à défendre les anciens, il serait si tentant qu'aucun cœur un peu généreux n'en voudrait d'autre. Il a des exigences plus sévères, plus âpres, et dont on ne comprend la poésie qu'à l'user, si l'on peut dire. Elle réside dans la pratique quotidienne et systématique du sacrifice. Un sacrifié volontaire, le soldat doit être cela, ou il n'est rien Quand le sacrifice a pour théâtre le champ de bataille d'Austerlitz ou de Waterloo, c'est une chance. Quand le sacrifice exige que nous allions, déguisés, en terre ennemie, pour faire de l'espionnage et risquer notre vie obscurément, j'allais dire ignoblement, c'est une grande épreuve. Quel est le soldat qui hésite pourtant ? C'est un sacrifice encore que de subir l'injustice d'un ministre et de rester dans l'armée… Je ne juge personne, mais, pour ma part, chaque fois que l'on m'en a trop fait et que j'ai eu la tentation de reprendre ma liberté, j'ai entendu la voix intérieure me rappeler que j'étais soldat pour me dévouer… Un médecin qui a eu à se plaindre d'un malade, qui a été calomnié par lui, refusera-t-il de le soigner s'il sait le malade en danger ?… »

Il s'était retourné vers Mme Liébaut pour prononcer ces dernières paroles. Elles évoquèrent de nouveau devant la jeune femme l'image de son mari occupé à sa besogne de docteur à ce moment même, et sans doute penché sur la poitrine de quelque patient. Que de fois elle avait entendu le médecin professer, lui aussi, cette doctrine professionnelle de l'immolation et presque dans les mêmes termes ! Les confidences de ce praticien de grand cœur l'avaient préparé à comprendre l'officier d'Afrique autant que cinquante années de frivolité parisienne en éloignaient Favelles. Aussi bien l'officier n'avait parlé que pour elle. Elle s'en rendit compte au regard qu'il lui lança, quand le Beau de 1860, haussant ses épaules, repartit avec la plus comique moue de sa bouche expressive :

– « Tout cela est bel et bon. N'empêche que c'est affreux de voir les uniformes embêtés par les redingotes, et que je remercie le bon Dieu chaque jour d'avoir été un grand garçon le 3 décembre 1851. Ce n'est pas gai de vieillir, mais je me suis réveillé joliment content ce matin-là !… Vous autres, vous êtes aussi braves au feu que vos aînés, mais vous vous embarrassez d'un tas d'idées mystiques dont on n'a pas besoin pour charger l'ennemi, donner de beaux coups de sabre, et parader dans un bel uniforme. … C'était la seule philosophie pour l'officier de mon temps. Hé ! Hé ! elle n'était pas si mauvaise.

– « Ces officiers ne servaient pas dans une armée vaincue et humiliée, » répondit Brissonnet. Ce court dialogue entre ces deux représentants de deux générations, celle d'avant la guerre de 70 et celle d'aujourd'hui, sur qui pèsent, avec le souvenir du désastre non vengé, de plus récentes et si dures épreuves, acheva d'émouvoir Madeleine à une profondeur singulière. Ce trouble excessif dénonçait déjà les orages futurs dont cette conversation et d'autres semblables allaient être le prélude. Madeleine s'en doutait si peu qu'une fois rentrée dans la solitude de sa villa, et quand elle se retrouva devant sa petite table à écrire où l'attendait le papier préparé pour la lettre quotidienne à son mari, elle n'eut pas une seconde l'idée de taire un détail de ce nouvel entretien. Sa plume courait sur le papier, rapportant, une par une, les moindres paroles de Brissonnet. Son innocence était si entière qu'elle insista sur le charme qu'auraient les rapports du médecin et de l'officier, s'ils devenaient un jour beaux-frères, étant donnée cette similitude dans leurs manières de penser. Elle annonçait encore dans cette lettre que Favelles les avait priés, elle et sa petite fille, à une longue partie de voiture pour le surlendemain, et qu'elle avait accepté. Le commandant devait en être. Le but était le défilé de Luziensteig, sur la frontière de la Suisse et de l'Autriche. On reviendrait par le Rhin et Maienfeld. Madeleine ne se doutait guère en traçant les lettres du nom de ce petit village qu'il servirait de théâtre à une scène toute voisine d'être tragique. Le hasard qui, par moments, se prête à nos imprudents projets avec une complaisance où l'on a peine à ne pas discerner une fatalité, allait avancer tout d'un coup l'intimité entre elle et Louis Brissonnet, de manière à suppléer à ce qu'il eût fallu de temps pour que leurs relations fussent ce qu'elle avait désiré. Cet épisode devait équivaloir à des mois de connaissance !

Quiconque a suivi ces chemins des environs de Ragatz par une belle journée du mois d'août comprendra quelle place la mémoire de ces paysages traversés ainsi aurait prise dans l'imagination d'une créature romanesque et déjà troublée à son insu, même si la promenade s'était achevée sans incidents. Toujours elle eût revu, dans un coin obscur de sa rêverie, le profil méditatif de l'officier d'Afrique détaché sur cet admirable horizon. Il était assis sur la banquette de devant dans le landau. Il regardait tour à tour ces aspects variés d'une nature sublime, et, quand il se croyait sûr de n'être pas remarqué, ce visage de femme. Elle était inconnue de lui la semaine précédente, – et elle venait de prendre toute sa vie ! Il se taisait. Madeleine, elle, comme épanouie au charme de ces heures, de ce ciel si doux, de cet air si pur, de ces bois si frais, causait beaucoup, tantôt avec sa fille toute rose et gaie, tantôt avec Favelles. Le Vieux Beau, qui avait envoyé d'avance un domestique, – un valet de chambre stylé par lui quinze ans durant ! – préparer un goûter dans une des auberges de la route, jouissait de cette promenade avec une naïveté de collégien en vacances. N'en était-il pas l'organisateur ? Son contentement se manifestait par une prodigalité de souvenirs. On sait que telle était sa manie. Et les anecdotes succédaient aux anecdotes.

Il contait les originales fantaisies des grands élégants de sa jeunesse : les duels de ce fou de Machault qui, un jour, s'était battu avec un de ses camarades de club, sur deux billards réunis, pour qu'il fût impossible de rompre. Il disait le noctambulisme du plus Parisien des Russes, à l'époque de la Belle-Hélène, Serge Werekiew, qui se levait à l'heure du dîner, arrivait vers dix heures chez Bignon ; là il se faisait apporter une soupière d'argent où il lavait lui-même ses couverts, mangeait un énorme repas, le seul des vingt-quatre heures, puis il montait au Jockey, où il jouait au whist jusqu'au matin. Il rappelait… Mais à quoi bon remémorer des anecdotes dont le piquant était, débitées ainsi, par le falot personnage, de contraster fantastiquement avec ce cadre de montagnes et de forêts ? Elles avaient encore, pour Madeleine et Brissonnet, ce charme d'être si étrangères à leurs secrètes impressions. Rien dans ces récits ne pouvait toucher aux susceptibilités déjà trop vives de la passion naissante du jeune homme, rien réveiller les prudences endormies de la jeune femme. Cet ensemble de circonstances avait donc rendu cette excursion parfaitement heureuse pour les quatre personnes que le landau voiturait le long de ces pentes douces ; quand, à une demi-heure peut-être du retour, se produisit l'épisode auquel il a été fait allusion. Ce fut simple, rapide et terrible, comme il arrive quand éclate un de ces accidents, toujours possibles et jamais prévus, qui nous menacent tous à toute minute dans les moindres actions de notre vie ; et nous en demeurons aussi effarés que si nous n'avions jamais compris, suivant un mot bien philosophique dans sa fantaisie, « combien il est dangereux d'être homme »

La voiture devait, je l'ai déjà dit, pour gagner le Rhin, puis Ragatz, traverser la paisible petite ville grisonne de Maienfeld avec ses larges maisons aux toits joliment creusés, ses jardins en terrasses, la luxuriance de ses vergers. Le baron Favelles connaissait là un magasin d'antiquités devant lequel il fit arrêter le landau. Mme Liébaut consentit à descendre, sur l'instante prière du vaniteux, qui brûlait de compléter ses triomphes de l'après-midi en étalant ses connaissances de bric-à-brac. Brissonnet suivit. La petite fille qui avait marché, durant les montées, à plusieurs reprises, pour cueillir dans les bois une gerbe de fleurs, demanda qu'on lui permît de demeurer dans la voiture. Le cocher dit qu'il ferait aller et venir les chevaux dans la grande rue du village, à cause des mouches et pour qu'ils ne s'énervassent point. Les trois visiteurs étaient depuis cinq minutes peut-être dans la boutique à examiner les quelques objets plus ou moins truqués qui justifiaient l'audacieuse inscription de la devanture : À l'Art Helvétique… Tout d'un coup des cris perçants venus du dehors les contraignirent de relever la tête. Avec cette rapidité du geste qui décèle l'habitude de l'action, Brissonnet avait marché jusqu'au seuil. Mme Liébaut et Favelles le virent, avec une surprise qui se changea bien vite en épouvante, s'élancer au dehors. Ils regardèrent eux-mêmes sur la place et ils aperçurent une automobile qui s'enfuyait à toute vapeur d'un côté, et, de l'autre, arrivant à fond de train, du haut de la rue, le landau où était la petite fille. Le cocher, littéralement couché en arrière sur son siège, tirait avec un effort désespéré sur les guides. Il essayait en vain de retenir les deux chevaux que le passage de l'automobile tout près d'eux avait affolés et qui s'étaient cabrés d'abord, puis emportés. Ils enlevaient la voiture sur les pavés dans ce galop effréné. La petite Charlotte se tenait sur les coussins, paralysée d'épouvante. Mais déjà un homme s'était jeté devant l'attelage. Accroché d'une main au mors du cheval de droite, il se laissait traîner sans lâcher prise, déchirant la bouche de la bête d'un tel effort que celle-ci se prit à se débattre au lieu de continuer ce galop fou. L'autre cheval, sous l'à-coup de ce brusque arrêt de l'élan, avait glissé à terre. Il se roulait dans ses traits et donnait des coups de pied furieux à tout défoncer. Qu'importait ! la voiture était arrêtée et la petite fille sauvée.

Quelques minutes plus tard, le héros de ce sauvetage, qui n'était autre que le commandant Brissonnet, était ramassé entre les deux bêtes, ayant reçu un de ces coups de pied qui lui avait brisé le bras. Son visage était en sang. Un des boucleteaux des harnais lui avait déchiré le front. Et la mère de celle dont il avait préservé la vie au péril de la sienne était là, anxieuse, remerciant Dieu dans son cœur que son enfant eût été arrachée à une mort presque certaine, et le suppliant qu'il ne laissât pas mourir non plus cet homme à qui elle rêvait de donner un jour le nom de frère. – Cette anxiété, l'ardeur de cette prière, sa joie, quand le médecin du village, appelé à la hâte, eut diagnostiqué une simple fracture et quelques contusions, tout aurait dû achever de l'avertir qu'un sentiment bien différent de celui d'une future belle-sœur s'agitait en elle. Elle aurait dû lire du moins la vérité du sentiment qu'elle inspirait déjà dans le regard par lequel Brissonnet l'accueillit lorsque, revenu à lui, dans la pharmacie où on l'avait transporté, il la vit penchée sur cette couchette improvisée. Ne pouvant rien lui exprimer de l'émotion qui le poignait, il souleva son bras valide et caressa les cheveux de la petite fille, debout, elle aussi, auprès de son sauveur. Celle-ci eut un élan d'effusion et l'embrassa sans prendre garde au sang dont il était inondé :

– « Vous allez tacher votre robe, mademoiselle, » dit l'officier sur un ton de plaisanterie douce : « Votre maman vous grondera… »

– « En attendant… » dit Favelles, « il faut penser à vous ramener à Ragatz, afin que l'on vous remette votre bras comme il faut. Vous vous en servez trop bien pour qu'on ne tienne pas à vous le garder intact… Mais vous-même, madame Liébaut, qu'avez-vous ?… »

Madeleine venait, en effet, de pâlir et de s'appuyer au mur. Elle dit : « Ce n'est rien ; c'est la réaction de la terreur… » Et comme elle s'était assise et que l'enfant s'était maintenant approchée d'elle, un geste qu'elle fit lui mit aux doigts un peu de ce sang de Brissonnet dont les vêtements de la petite fille étaient tachés, et l'officier, qui vit cela, dut baisser ses paupières, comme s'il ne pouvait pas supporter ce symbole vivant de son amour...

V

QUATRE MOIS APRÈS

Quatre mois s'étaient écoulés depuis le jour où Brissonnet avait ainsi risqué sa vie pour préserver celle de la petite Charlotte Liébaut, sous les yeux tour à tour épouvantés et follement attendris de la mère et où celle-ci avait rougi ses doigts délicats du sang échappé de la blessure. Il avait dû garder le lit deux semaines. Mme Liébaut étant partie de Ragatz six jours après ce sauvetage, sans l'avoir revu, l'idylle ébauchée sous les arbres des quinconces du parc n'avait pas eu d'autres scènes. La dernière avait suffi pour qu'en s'en allant de la petite ville suisse, Madeleine emportât dans sa mémoire une image de l'officier plus profondément gravée que si leurs rencontres se fussent renouvelées et prolongées durant des semaines, voire des années. En toute autre occurrence, sa vertu se fût alarmée de tant penser à un étranger ; le prétexte de la reconnaissance maternelle lui permettait de nourrir une suprême illusion sur la nature de ce souvenir. Aussi ne s'était-ce le fait aucun scrupule, réinstallée à Paris, de suivre le projet conçu dès le premier soir, quand le hasard les avait mises, elle et sa sœur, Mme de Méris, en présence du commandant, sur le quai de la petite gare, et ces quatre mois avaient suffi pour que ce dessein, si vague d'abord, se précisât dans des conditions qu'il serait fastidieux d'exposer en détail. Comment la délicate et charmante femme s'y était prise pour aguicher d'abord la curiosité d'Agathe ; – à quels sentiments Brissonnet lui-même avait obéi en se présentant chez les Liébaut, dès son retour, puis en acceptant d'aller chez la jeune veuve plus souvent encore que chez Madeleine ; – quelles émotions, d'ordre très divers, avaient provoquées cette entrée du compagnon préféré du colonel Marchand dans le petit monde du médecin et de sa belle-sœur, ces éléments de ce romanesque épisode se découvriront assez dans les quelques scènes qui en marquèrent le dénouement.

L'histoire de presque tous les amours ne tient-elle pas tout entière dans le récit de leurs débuts et celui de leur fin ? Que le lecteur et la lectrice veuillent donc bien se reporter au crayonnage qui a servi de frontispice paisible à ce douloureux récit. Qu'ils imaginent les deux promeneuses de la station de Ragatz assises maintenant l'une en face de l'autre, après ces quatre mois, au coin d'un des premiers feux de l'année, par une après-midi de novembre, dans le petit salon de l'hôtel que le docteur Liébaut s'est fait construire rue Spontini. Un ciel gris tendu de nuages où il flottait déjà de la neige comme suspendue, attristait les hauts carreaux de la fenêtre, voilée dans sa partie basse par des rideaux faits de carrés en filet, où la jolie fantaisie de Madeleine avait copié des dessins gothiques : une licorne, une dame sur sa haquenée, une Mort montrant à une autre dame un miroir, une Fortune debout sur sa roue. Tout dans cet asile, ménagé à côté du grand salon réservé aux attentes des consultations, révélait le goût fin de la jeune femme. Une harmonie douce d'anciennes étoffes augmentait l'intimité de cette pièce. Les portraits, suspendus aux murs ou posés sur les tables, l'abondance des livres placés à la portée de la main, le bureau aménagé pour écrire à l'abri de son paravent, les bibelots partout épars, les fleurs groupées dans leurs vases lui donnaient cette physionomie d'une chambre très habitée, ce je ne sais quoi de très personnel qui ne s'oublie pas plus que l'expression d'un visage. L'artisane de cet « arrangement », comme eût dit Whistler, « en rose pâle et en bleu passé, en rouge mort et en vert éteint », se tenait en ce moment allongée plutôt qu'assise dans un des fauteuils. Elle était vêtue d'une robe faite pour la chambre, – une espèce de tea-gown de souple soie mauve et de dentelles. Elle avait bien toujours les masses épaisses de ses cheveux blonds à reflets châtains, la même grâce accorte et souple dans sa beauté, les mêmes yeux bleus dont le regard se posait comme une caresse. Mais ses joues s'étaient un peu creusées, son teint s'était pâli, une nervosité frémissait dans son sourire, la ligne de son corps s'était amincie, comme fondue, et ses prunelles n'avaient plus la transparence gaie d'autrefois. Une pensée se cachait dans leur arrière-fond, qui devait être douloureuse, à en juger par la lassitude dont tout l'être de cette femme paraissait touché. Mme de Méris, elle, avait changé aussi. Elle continuait à ressembler à sa cadette, de cette étonnante ressemblance que Madeleine avait escomptée autrefois quand elle projetait de détourner sur sa sosie le sentiment naissant de son admirateur de Ragatz. La nuance identique de leurs chevelures, la couleur toute pareille de leurs yeux, l'analogie frappante de leurs traits les eussent fait toujours prendre l'une pour l'autre. Seulement l'aînée s'était, depuis cette saison déjà lointaine, animée, éveillée, comme vitalisée. Elle n'avait plus cette moue boudeuse et mécontente de la femme aigrie et qui va vieillir, sans s'intéresser à rien qu'aux rancunes de son amour-propre froissé. Des impressions très fortes et d'une nature bien différente les avaient certainement atteintes l'une et l'autre, dans cet intervalle. Madeleine – la chose était trop visible, quand on la connaissait vraiment, – luttait contre ces impressions, quelles qu'elles fussent. Elle les subissait sans se les permettre, au lieu que sa sœur Agathe s'y abandonnait complaisamment, et avec ivresse. L'une avait l'aspect d'une femme dont le cœur s'est laissé surprendre par un sentiment qu'elle repousse, l'autre au contraire portait sur elle tout l'orgueil, toute l'audace d'une passion avouée. N'était-elle pas libre de caresser, sans cesser de s'estimer, des espérances que la mère de Charlotte n'aurait pu même concevoir, sans se mépriser ? Il y avait entre elles encore une différence. Dès qu'elle avait commencé à éprouver cette passion, Mme de Méris l'avait déclarée à sa sœur. Elle lui avait d'autant moins épargné ces confidences que l'objet de cet amour, soudain grandi dans le cœur de la jeune veuve, était – on l'a trop compris – précisément celui dont Madeleine lui avait dit : « Je t'ai trouvé ce mari que tu m'as permis de te chercher, » le commandant Brissonnet. Mme Liébaut, au contraire, avait déployé toute son énergie à cacher jusqu'aux plus petits signes du trouble dont elle était possédée. On a compris pourquoi encore. Une très honnête femme, – et elle l'était dans le plein sens de ce beau mot, où se résument les vertus qu'un homme souhaite à sa mère, à sa sœur, à son épouse, à sa fille, à tout ce qu'il aime, à tout ce qu'il respecte, – une très honnête femme se pardonne malaisément ces manquements si involontaires à la fidélité conjugale : les rêves contre lesquels on se débat, – mais comme ils reviennent ! – les nostalgies auxquelles on ne veut pas céder, – mais elles n'en sont pas moins là ! – le frémissement de l'âme dans une certaine présence, la mélancolie dans une certaine absence. Madeleine était rentrée de Ragatz sans se rendre compte qu'elle ne s'intéressait pas à Brissonnet uniquement comme à un héros malheureux, comme au sauveur de sa fille, comme au mari possible de sa sœur. Elle savait maintenant le véritable nom de cette sympathie à la rapidité de laquelle elle avait trouvé tant de prétextes, et cette évidence la consumait de tant de honte qu'elle serait morte plutôt que de la confesser, même à son aînée, – surtout à son aînée. Elle, la femme de ce mari si loyal, si dévoué qu'était Liébaut, elle la mère de cette adorable petite fille qu'était Charlotte, elle aimait quelqu'un … Et ce quelqu'un, – par bonheur il ne soupçonnerait jamais le sentiment qu'il inspirait, – c'était la personne qu'elle avait introduite elle-même dans la vie de sa sœur ! Que de fois, depuis ces dernières semaines, la malheureuse avait tremblé qu'Agathe ne vînt lui dire : « Il m'a demandée en mariage, et j'ai dit oui ! » Elle avait beau, de toute la force de son honneur, s'interdire de penser à cet homme qui ne devait rien être, qui n'était rien pour elle, une irrésistible et constante anxiété la contraignait sans cesse, à toute occasion, de se demander ce qu'il sentait lui-même, quelle énigme cachait cette assiduité également répartie entre les deux sœurs, également respectueuse. Car l'officier d'Afrique avait agi comme si, au lieu d'être habitué à la stratégie de la brousse, il avait passé sa jeunesse à étudier les manœuvres sur l'antique carte du Tendre. Il avait laissé planer l'équivoque sur ses vrais sentiments. Laquelle aimait-il, de Madeleine ou d'Agathe ? Quand Mme Liébaut pensait, à quelque indice, que c'était elle, un délire la saisissait et un remords, une joie criminelle et une épouvante. Pensait-elle qu'il aimait Agathe ? Elle se contraignait à se dire qu'elle devait s'en réjouir avec tout ce qu'elle avait d'affection tendre pour sa sœur, et c'était alors en elle une souffrance aiguë qui lui faisait mal, à croire que sa vie allait s'arrêter. Si elle s'affaissait, toute frémissante, toute pâle, les yeux si brillants, dans le fauteuil, au coin du feu, par cette après-midi de novembre, c'est que Mme de Méris était arrivée pendant une autre visite, celle de notre ancienne connaissance le baron Favelles, et du premier coup d'œil Madeleine avait discerné dans son aînée une agitation dont elle allait savoir la cause, maintenant que le pauvre baron était parti sur une anecdote dont il avait en vain escompté l'effet : – « Je m'en vais, » avait-il dit, « pour ne pas m'attirer le même mot qu'un jeune diplomate français invité à Osborne, du vivant de la feue reine Victoria... Notre compatriote était très gai. Il raconte après dîner une histoire qu'il croit très drôle. Silence de tout le salon... On attendait, pour rire, l'appréciation de Sa Majesté, qui laisse tomber, après une mortelle minute, ces simples paroles : We are not amused. Nous ne sommes pas amusés. »

– « Enfin ! » dit Madeleine, quand la silhouette cocasse du Vieux Beau eut disparu derrière la porte refermée sous sa tapisserie... « Je croyais qu'il ne s'en irait jamais ! Je m'en veux de n'avoir pas plus de patience, car vraiment il m'a donné cet été de vraies preuves d'amitié... »

– « Je t'avais prévenue à Ragatz, » répondit Agathe. « Tu vas m'accuser d'avoir l'esprit de contradiction, » continua-t-elle, « je le trouve moins ennuyeux ici que là-bas... Et puis il t'a présenté qui tu sais... »

Elle souriait en prononçant ces mots qui firent passer une ombre plus épaisse dans les prunelles de l'autre. Ils soulignaient – naïvement, car Mme de Méris n'y avait pas entendu malice, – l'actuelle position des deux sœurs. Le motif qui rendait Agathe plus facile à vivre, moins rênée, moins nerveuse était précisément celui qui expliquait le changement d'humeur de Mme Liébaut. Comme celle-ci connaissait ce motif, et que celle-là l'ignorait encore, tout entretien entre elles devenait l'occasion de malentendus inintelligibles à l'aînée et douloureusement sentis par la cadette. Agathe ne devina pas le petit battement de cœur que sa simple réponse avait infligé à Madeleine, ni l'émotion avec laquelle sa secrète rivale lui demandait, prenant texte de cette allusion au commun objet de leurs pensées : Vérifier rênée avec Walter. – « Il n'y a rien de nouveau de ce côté-là ? Il m'a semblé, quand tu es entrée, que tu étais toute contrariée de ne pas me trouver seule... »

– « Un peu, » dit Agathe, « mais puisque Favelles a compris et qu'il est parti, tout est bien… Tu ne t'es pas trompée d'ailleurs. C'est vrai que j'ai un grand service à te demander, » reprit-elle après une pause durant laquelle une agitation singulière parut la dominer. « J'ai bien hésité, il s'agit d'une démarche si en dehors de toutes les habitudes !… Mais je crois que tu jugeras comme moi : elle est devenue nécessaire… »

– « Tu sais bien que je suis toujours là pour t'aider, ma grande, répondit Madeleine, qui prit la main de son aînée et la serra. Sa main à elle était si brûlante qu'Agathe perçut la chaleur à travers son gant.

– « Tu as la fièvre ?… » dit-elle. « Tu n'es pas bien ?… »

– « Moi ? » fit Madeleine. « Quelle idée !… Je suis un peu fatiguée parce que j'ai commis l'imprudence, ne dormant pas, de lire une partie de la nuit. Ce ne sera rien… » ajouta-t-elle, en rougissant un peu. Depuis ces dernières semaines, il était arrivé souvent que Mme de Méris l'avait regardée avec des yeux inquisiteurs, comme étonnée de l'altération de ses traits. Mais si la jeune veuve avait nourri même la plus vague idée qu'il y eût à cet évident malaise de sa sœur une autre cause que la lassitude physique – et quelle cause ! – aurait-elle prononcé si librement le nom qui allait lui venir aux lèvres tout de suite ?

– « Je préviendrai Liébaut, qui te grondera… » dit-elle. Puis, reprenant sa confidence. « Tu as deviné qu'il s'agit de Brissonnet… Je devais passer la soirée hier au Théâtre-Français. Tu te souviens, j'en avais parlé à cinq heures, ici, au thé, devant lui. À peine entrée dans ma loge, et au premier coup d'œil que je jette sur la salle, qui aperçois-je, assis à l'un des fauteuils d'orchestre, et avec un air d'être à mille lieues du spectacle ?… Notre commandant !… »

– « Il peut avoir eu simplement la même fantaisie que toi, » répondit Madeleine, « celle d'entendre une pièce dont tout le monde parle… »

– « Il est un peu trop coutumier du fait, » reprit Agathe : « À l'Opéra, vendredi dernier, ç'a été la même histoire ; la même histoire au Vaudeville, lundi. Si seulement il montait me rendre visite dans ma loge, comme il serait naturel, on ne le remarquerait pas… Mais il demeure là, immobile, à sa place, et quand il croit ne pas être observé, il me regarde, avec sa lorgnette encore, indéfiniment… »

– « C'est la preuve que tu l'intimides, » répondit Madeleine. Elle s'était penchée du côté du feu, tandis que sa sœur lui racontait l'incident de la veille, commentaire trop significatif aux incidents des trois autres jours. Qu'avait-elle rêvé à Ragatz, sinon que le jeune homme se laissât prendre, faute d'espérance de son côté, au charme de sa pseudo-jumelle ? Par quel illogique et coupable détour de sa sensibilité chaque preuve nouvelle de cet intérêt de l'officier pour Mme de Méris lui faisait-il mal, si mal ? – Mais la charmante et courageuse femme n'admettait pas cette souffrance, et, encore cette fois, elle eut l'énergie d'ajouter : – « Oui, que tu l'intimides et qu'il t'aime… »

– « Qu'il m'aime ?… » Agathe avait hoché la tête en répétant ces deux derniers mots avec un accent où passait un doute. « Mais, s'il m'aimait, » insista-t-elle, « ne se dirait-il pas que son attitude est de nature à le faire remarquer, et, par suite, à me faire remarquer ? Ne se rendrait-il pas compte qu'elle peut provoquer, qu'elle provoque des commentaires ?… C'est justement de cela que je viens te parler. J'avais dans ma loge, hier, Mme Éthorel. Tu sais comme elle est malveillante. Elle ne pardonne à personne ses soi-disant quarante ans, qu'elle a depuis tantôt dix années !… – « C'est bien le commandant Brissonnet qui est là au cinquième rang de l'orchestre ?… » me demande-t-elle tout d'un coup. – « Mais oui… » répondis-je en faisant semblant de ne l'avoir vu que sur cette indication. – « Vous le connaissez beaucoup, je crois ? » continua-t-elle. – « Il a été présenté à ma sœur aux eaux, » dis-je, « et je l'ai rencontré chez elle. » – « Ah ! » répliqua-t-elle simplement. Puis après un silence : – » Vous savez que je vous aime, ma chère Agathe, permettez-moi de vous donner un conseil. Tenez ce monsieur un peu à distance. Il appartient à ce que j'appelle les amoureux de l'espèce voyante. » – « Que voulez-vous dire par là ? » insistai-je à mon tour. – « Rien que ce que je dis, répliqua-t-elle. « Tenez-le à distance… » Des phrases de ce ton, dans cette bouche, tu sais aussi bien que moi ce qu'elles signifient : le nom de Brissonnet a été prononcé à propos de moi, ou va l'être. On jase, ou l'on va jaser… »

– « Mme Éthorel est une méchante femme, voilà tout, » répondit Madeleine, « et tu ne peux rendre le commandant responsable des vilains propos d'une vieille coquette, aigrie contre les sentiments qu'elle n'inspire plus. »

– « Je ne le rends responsable de rien, comprends-moi, » dit Agathe. « Nous avons toujours su, en le recevant, toi et moi, qu'il n'était pas du monde. Il n'en a pas les égoïsmes. Il n'en a pas non plus les prudences. Ce n'est pas en Afrique qu'il a pu acquérir la triste expérience des méchancetés de salon. Mais, avoue que tu serais la première à me blâmer si, moi qui l'ai, cette expérience, je laissais se prolonger une situation qui risque de me compromettre d'abord, et, puis… » Elle eut un petit tremblement dans la voix, qui n'était pas joué, « et puis, » répéta-t-elle, « qui me fait souffrir. »

– « Tu as donc changé de sentiments depuis ces derniers jours ? » interrogea Mme Liébaut. « Oui, » insista-t-elle, « si tu l'aimes comme tu me l'as dit, peux-tu souffrir de constater qu'il t'aime aussi ? Et il t'aime. Je te le répète, sa conduite est inexplicable autrement. »

– « Et trouves-tu explicable, s'il m'aime, » reprit vivement la veuve, « qu'il n'essaie jamais de me parler plus intimement, de se rapprocher de moi ?… Quand nous nous rencontrons au théâtre, tu sais son attitude. Quand il vient en visite à la maison, s'il me trouve seule, il reste à peine vingt minutes, et c'est de sa part un effort pour soutenir la plus banale conversation qui contraste par trop avec d'autres circonstances où nous l'avons vu, toi et moi, si vif d'esprit, si prompt à la repartie, si brillant enfin. Arrive-t-il quand il y a déjà quelque personne ? On dirait qu'il en est heureux. Il reste là, s'il le peut, jusqu'à ce que le visiteur parte. Le plus souvent il s'en va avec lui... Je ne suis pas une de ces sottes qui s'imaginent, dès qu'un homme les regarde d'une certaine manière, qu'elles ont inspiré la grande passion. Je ne suis pas non plus de ces fausses modestes qui nient d'être aimées contre l'évidence. J'admets que M. Brissonnet a des façons d'agir qui laisseraient croire qu'il est épris de moi, mais j'affirme qu'il en a d'autres qui démentent totalement cette première hypothèse. Et voici pour moi la pierre de touche : oui ou non, suis-je libre ? Que l'on hésite à se déclarer quand on s'est attaché à une femme que l'on ne peut pas épouser, c'est très naturel. Mais quand on aime une veuve, qui n'a aucune raison de ne pas désirer refaire sa vie, et quand elle nous montre la sympathie que je lui montre, il n'y a pas de timidité qui tienne... Ou bien on lui demande sa main, ou bien l'on s'ouvre à quelqu'un, on tâte le terrain, avant de hasarder la démarche définitive. Il a Favelles. Il a mieux que Favelles... Qui ? Mais toi-même. N'es-tu pas la confidente désignée pour un pareil message ? Or, a-t-il parlé à Favelles ? Non... T'a-t-il parlé ? Non encore... Que veux-tu que je conclue ? »

– Qu'il te trouve peut-être trop riche pour lui, répondit Madeleine, tout simplement. Ce scrupule serait pourtant bien dans son caractère... »

– « Il ne se serait pas laissé aller à nous fréquenter, dans ce cas, » interrompit Agathe en secouant la tête, « Il a toujours su que j'avais de la fortune, et cela n'a pas été une objection pour son orgueil. Il a cru, et il a eu très raison, qu'en recevant un homme de sa valeur, nous étions ses obligées. Et, pour ma part, j'ai toujours cru que je l'étais. J'ai toujours agi vis-à-vis de lui en conséquence. Il est assez intelligent pour s'en être aperçu et en avoir tiré des conclusions toutes contraires à celles que tu supposes... D'ailleurs, » ajouta-t-elle après un silence, « je ne suis pas de ton avis sur la manière dont un grand cœur juge les différences de fortune entre êtres qui s'aiment, et, si tu réfléchis, tu te rangeras toi-même au mien. S'il y a une réelle bassesse d'âme dans le mélange de sentiment joué et de calcul réel, d'apparente passion et de plat intérêt que représente un mariage d'argent, il y a aussi une certaine mesquinerie de nature dans un scrupule tel que celui dont tu parles. Un héros, et Louis Brissonnet a l'âme d'un héros, ne pense pas aux questions de dot quand il s'agit d'une passion vraie. Il les ignore, ce qui est la seule manière d'aimer réellement… Non. S'il ne se déclare pas, c'est qu'il y a autre chose. »

– « Mais quoi ? » fit Madeleine qui se sentit rougir. Elle aussi, elle avait souvent entrevu un mystère dans les contradictions de certaines attitudes chez cet homme qui exerçait un tel prestige sur sa pensée. Agathe parlait de regards fixés sur elle, mais quand Mme de Méris n'était pas là, Madeleine avait, elle aussi, surpris d'autres regards qui lui avaient infligé cet irrésistible et profond tressaillement de la femme qui aime et qui se dit « Je suis aimée !… » Ces impressions avaient été si fugaces, si rapides, la réserve où s'enveloppait Brissonnet vis-à-vis d'elle était si respectueuse, si indifférente, il lui avait paru si évidemment occupé de sa sœur qu'elle s'était chaque fois répondu à elle-même : « Quelle folie !… Je rêve !… » Encore maintenant, elle se refusa à écouter la réponse que la plus secrète voix de son cœur faisait à sa propre question, et elle écoutait Agathe continuer.

– « Quoi ?… Je ne sais pas. Il y a des moments où je me demande s'il n'est pas engagé dans une liaison qu'il n'ose pas briser. Je ne m'en indignerais point. Il était si seul, si malheureux, quand il est revenu d'Afrique. Il a pu rencontrer une femme qui est entrée dans sa vie, pas assez pour qu'il consente à l'épouser, assez pour qu'il se considère comme engagé… Quoi qu'il en soit, cette incertitude ne peut durer, et le service que je viens te demander, c'est tout bonnement de m'aider à en sortir. »

– « Moi ? » s'écria Mme Liébaut, avec une émotion qu'elle n'arriva pas à dissimuler, et, allant au-devant de la prière que se préparait à formuler l'autre : « Tu voudrais que je m'interpose entre vous ?… Mais comment pourrais-je ? »

– « Tu n'as pas tout à fait deviné ma pensée, » répondit Agathe, « Il ne s'agit pas d'un message de moi à lui. Tu es ma sœur. C'est toi qui as connu M. Brissonnet la première et qui me l'as fait connaître. Imagine que tu aies appris, par quelqu'un qui ne soit pas moi, la malveillante remarque de Mme Éthorel. Ne serait-il pas naturel que tu t'inquiétasses ? N'est-il pas naturel d'autre part qu'estimant le commandant comme tu l'estimes, tu le juges absolument incapable de faire quoi que ce soit qui compromette une femme, à moins qu'il ne s'en rende pas compte ?… Je te demande, ma chère Madeleine, d'agir comme tu agirais de toi-même si les conditions étaient celles que je viens de dire. Hésiterais-tu à faire venir M. Brissonnet et à causer avec lui pour l'avertir des commentaires de certains de nos amis ? La conclusion d'un pareil entretien n'est pas douteuse : ou bien il ne m'aime pas, et alors il s'excusera et nous ne le reverrons plus. Ou bien il m'aime, et alors, dans son trouble, il te découvrira son sentiment, il voudra savoir ce qu'il peut espérer… Fine comme je te connais, il te dira tout… Ah ! ma petite Made, tu ne me refuseras pas cela. C'est toi qui as voulu que je le connusse, toi qui m'as tentée. Sans toi, je n'aurais jamais pensé à recommencer ma vie. J'étais si résolue à rester libre ! Tu as vaincu mes scrupules. Tu m'as fait accepter cette idée d'un second mariage. Tu me dois de m'aider… Je comprends que c'est bien délicat, bien intimidant… Mais qui peut toucher cette question avec lui, si ce n'est pas toi ? Et il faut qu'elle soit touchée. Encore un coup, je souffre trop de cette incertitude. Ma réputation, c'est beaucoup. Il y a quelque chose qui m'importe encore plus que ma réputation, c'est mon cœur. Il n'est pas assez pris pour que je n'aie pas encore la force de renoncer à ce rêve, s'il m'est démontré que ce n'est qu'un rêve. Mais il faut que je sache. Il le faut… »

Elle avait parlé avec une passion grandissante qui prouvait combien elle avait changé depuis ces instants où elle affirmait, sur le quai de la gare de Ragatz, son intention d'un éternel veuvage. Elle disait alors : « Mon existence est telle que je l'ai voulue, et sa fierté me suffit… » Et à cette seconde même l'ironie du destin amenait dans cette petite gare justement celui devant qui cette fierté devait si vite plier. Une autre personne avait changé davantage encore, c'était celle à qui la jeune veuve, désireuse maintenant de redevenir une jeune femme, adressait ce pressant appel. À mesure que l'aînée avait précisé le détail de la mission dont elle souhaitait de charger sa cadette, le cœur de celle-ci avait été agité d'une palpitation de plus en plus forte. L'entretien auquel la conviait Agathe s'était dessiné, devant son imagination, dans son intolérable détail. Elle s'était vue recevant celui qu'elle aimait, – car elle l'aimait, et combien, elle pouvait le constater à son trouble ! – Ce serait dans cette même pièce. Il se tiendrait là, respirant, vivant, la regardant, la bouleversant, par sa seule présence et ne le sachant pas, ne devant jamais le savoir, puisqu'elle voulait continuer de s'estimer, et rester vraiment fidèle à l'honnête homme dont elle portait le nom. Une autre fidélité, celle qu'elle avait vouée à sa sœur, exigerait que Madeleine fît plus. Il lui faudrait provoquer chez son interlocuteur l'aveu de son amour pour une autre. L'entendrait-elle, aurait-elle la force de l'entendre dire : « J'aime Mme de Méris ?... » Si pourtant Brissonnet n'aimait pas Agathe ? Si une autre déclaration montait aux lèvres de l'officier, obligé après cette démarche de Mme Liébaut de cesser ses visites chez les deux sœurs et ne le supportant pas, parce qu'en effet il aimait l'une d'elles, – mais pas celle qu'il pouvait épouser ?... Que deviendrait la femme secrètement éprise, s'il lui fallait entendre des mots dont la seule énonciation en sa présence était un crime contre la foi jurée, contre ce foyer qui si longtemps lui avait suffi, auquel elle tenait toujours par tant de fibres, les meilleures, les plus profondes de son être, par sa tendresse pour Charlotte et Georges, sa fille et son fils, – et aussi par son affection si réelle pour leur père ? N'était-ce pas déjà une félonie que d'éprouver, même pour la combattre, cette sympathie passionnée, et à l'égard de qui ?... Non. Madeleine ne pouvait pas transmettre le message que sa sœur lui demandait. Un tel entretien était ou trop douloureux ou trop dangereux. N'avait-elle pas, et le droit de décliner cette souffrance, et l'obligation d'éviter ce péril ? Mais comment formuler ce refus dont la vraie raison devait être à tout prix cachée ? Hélas ! Quelles paroles pouvaient être plus dénonciatrices que la gêne avec laquelle elle répondit évasivement :

– « Tu n'aperçois pas un autre moyen pour te renseigner ?... Ne trouves-tu pas que celui-là risque d'aller contre ton propre désir ?... »

– « Pourquoi ? Je ne comprends pas, « interrogea Agathe.

– « Mais parce qu'aborder un pareil sujet, pour une personne qui te touche d'aussi près que moi, c'est, tout bonnement, offrir ta main... »

– « Et après ?... » répondit vivement Mme de Méris. « Oui, après ? Je n'ai jamais compris que l'on eût de la vanité dans les choses de l'amour. Si M. Brissonnet m'aime, je te répète, cette démarche lui ira droit au cœur, justement pour cela. S'il y trouve de quoi se choquer, – c'est bien cela que tu crains ? – il ne m'aime pas... Je le saurai, je veux le savoir... Que peut-il arriver ? Qu'il raconte que j'ai voulu l'épouser et que c'est lui qui n'a pas voulu ?... »

– « Lui, raconter cela ?... » protesta Madeleine. « Il en est incapable !... »

– « Hé bien, alors ? » reprit Agathe... « Non, il n'y a pas d'autre moyen et tu ne me refuseras pas de lui parler... à moins qu'il n'y ait, à ce refus, une raison que tu ne me dises pas... »

– « À toi ? » fit Mme Liébaut... « Quelle raison veux-tu qu'il y ait ?... » Sa sœur, qui la regardait fixement, put voir le sang affluer tout d'un coup à ses joues pâlies, puis se retirer et les laisser plus pâles encore, comme si le cœur de la jeune femme s'était contracté, sous cette question, dans un spasme trop fort. Ce n'était pas la première fois que l'aînée surprenait chez sa cadette des signes de troubles intérieurs. Elle n'avait pas cherché à se les expliquer. Ses idées toutes faites sur le caractère de Madeleine se mettaient entre elle et une observation directe, comme il arrive si souvent dans les rapports de famille. Pour la première fois, à cette minute, et dans un de ces accès de subite lucidité que la passion trouve à son service, par un instinct presque animal, un soupçon traversa son esprit. Ce ne fut qu'un éclair, et, aussitôt, elle rejeta la pensée qui venait de l'assaillir, non sans en garder comme un frisson, et elle répliqua :

– « Aucune, en effet, aucune… Tu m'as paru étrange tout à l'heure, alors… »

– « Alors ?… » insista Madeleine.

– « Il n'y a plus d'alors, » répliqua Mme de Méris. « Mais, je t'en supplie, Madeleine, ne continue pas à me dire non. Je te le jure, » et sa voix se fit profonde, « ce serait un mauvais service à me rendre… »

– « Je parlerai à M. Brissonnet, » répondit Madeleine, après un bien court instant d'une suprême lutte, durant lequel elle n'avait pu empêcher que ses paupières ne battissent nerveusement, que sa bouche ne tremblât. Épouvantée devant cette flamme de lucidité soudain allumée dans les prunelles d'Agathe, et devant la menace de ses dernières paroles, elle avait cru que cette immédiate soumission rassurerait une défiance qui portait sa misère au comble. Elle ne se doutait pas qu'elle venait au contraire d'accroître encore, chez celle dont elle était la secrète et involontaire rivale, la sensation d'un mystère. Du moins une interrogation qui, en ce moment, lui eût été trop pénible, lui fut épargnée par un très simple hasard, la venue précisément de cette Mme Éthorel, dont la malveillante remarque, la veille, avait servi de prétexte à la prière d'Agathe. Celle-ci n'eut que le temps de dire à sa sœur, durant les deux minutes qui séparèrent l'entrée du domestique demandant si madame voulait recevoir, et l'entrée de la visiteuse :

– « Tu lui parleras, mais quand ? »

– « Demain, » répondit Madeleine, « je vais lui écrire qu'il vienne à deux heures… »

– « Merci, » dit Agathe, et comme le bruit du pas de Mme Éthorel montant l'escalier se faisait entendre : « Je vous laisserai seules. La Vieille Beauté vient te raconter que je me compromets, tu verras... Va ; il est nécessaire d'en finir... »

VI

CONTAGIONS DE JALOUSIE

Un quart d'heure ne s'était pas écoulé et la « Vieille Beauté », comme la jeune veuve avait appelé la nouvelle venue avec l'insolence de ses trente ans, était en effet occupée à rapporter perfidement à la sœur cadette les propos de leur monde sur la cour que l'officier faisait par trop ouvertement à la sœur aînée. L'indiscrète ne devinait pas quel retentissement chacune de ses paroles avait dans cette sensibilité si blessée. Mais qui devine les souffrances des autres, alors même que ces autres nous tiennent de tout près au cœur ? Crucifiée par les propos de Mme Éthorel, si inconsidérés dans leur malveillance, Madeleine ne se doutait pas, elle non plus, qu'au même moment Agathe recevait des coups pareils, et de quelle main ! Elle en eût frémi d'épouvante jusque dans ses moelles. Mme de Méris avait fait comme elle avait dit. Elle avait quitté la place presque aussitôt la visiteuse entrée, non sans avoir échangé avec elle toutes les chatteries de deux femmes de la même société qui se sont vues la veille, qui se reverront demain et qui se câlinent l'une l'autre en se déchirant. D'ordinaire Agathe n'attachait pas à ces petites simagrées de salon plus d'importance qu'elles ne méritent. Mais quand on vient de traverser certains soupçons, on supporte plus difficilement la fausseté de ces protestations pourtant très banales et au fond inoffensives, derrière lesquelles s'abritent les perfidies de société. L'évidence que, sous les caressants papotages de deux amies qui se sourient tendrement, se cachent de jolies petites haines toutes prêtes à griffer et à mordre – cette évidence dont on sourit comme d'une chose plutôt divertissante, aux heures d'indulgente observation, – apparaît soudain comme une chose affreuse, si un petit indice vous a dénoncé à l'improviste une trahison dans un être aimé.

L'idée d'un universel mensonge autour de votre aveuglement vous fait frémir. C'était cette impression qu'éprouvait Agathe, sans se rendre encore bien compte du motif, en descendant l'escalier de l'hôtel de sa sœur.

– « Comme on est trompée tout de même !... » se disait-elle. « Qui croirait à voir cette femme m'embrasser, comme elle fait, chaque fois que nous nous rencontrons, qu'aussitôt la porte fermée elle me diffame ?... Dieu sait les insinuations auxquelles elle se livre en cet instant... Tant mieux d'ailleurs ! Elle me rend service. Madeleine constatera que je n'ai pas exagéré. – Comme il est nécessaire qu'elle parle à Louis, et vite !... » Elle appelait Brissonnet de son prénom, quand elle évoquait son image, pour elle seule. « Il est extraordinaire qu'elle n'ait pas compris cela toute seule et depuis longtemps... Mais non. Elle a été bouleversée de ma demande. Pourquoi ?... Tout son sang n'a fait qu'un tour. J'ai cru qu'elle allait se trouver mal. Pourquoi ?... Est-ce que ?... » La réponse à cette question se formula soudain dans l'esprit de la sœur, si longtemps envieuse, avec une netteté qui la fit se contracter tout entière. Elle ferma les yeux presque convulsivement en se disant « Non, non, » à voix haute. Puis, tout bas : « Non. Ce n'est pas possible. Madeleine aime son mari, et elle m'aime. Elle ne le trahirait pas, et moi, elle n'aurait jamais pensé à me présenter cet homme, avec l'intention déclarée de me le faire épouser, si elle avait pour lui un intérêt trop vif. Ce sont des chimères, de vilaines, de hideuses chimères. La vie est déjà si triste, on a si peu de vrais amis ! S'il fallait encore ne pas croire à une sœur pour qui l'on a toujours été parfaitement bonne, ce serait trop dur... Non, Ce n'est pas... Non. Non. »

Elle s'était surprise à prononcer de nouveau cette formule de dénégation à voix haute, tout en s'installant dans l'automobile électrique qui lui servait à Paris pour ses courses, et qu'elle avait laissée à la porte des Liébaut. Elle avait donné au mécanicien l'adresse d'une de ses amies dont c'était le jour. Au lieu de descendre, quand la voiture s'arrêta, elle jeta une nouvelle adresse à l'homme, celle d'un magasin situé à une autre extrémité de Paris, où elle n'avait aucune espèce de besoin de se rendre. La perspective de se mêler à une causerie d'indifférents lui avait paru insupportable. Son coupé allait, glissant d'un mouvement rapide et sans secousse, dans le crépuscule commençant de cette fin d'après-midi de l'automne. Un brouillard s'était levé, presque jaunâtre, que les lanternes des voitures trouaient de leurs feux, fantastiquement, et en dépit du « non » prononcé tout à l'heure avec tant d'énergie, Agathe de Méris se posait de nouveau la question qui avait surgi devant sa pensée, cet : « Est-ce que ?... » énigmatique, qui enveloppait de trop douloureuses hypothèses. Elle osait maintenant les regarder en face et aller jusqu'au bout de leur logique : – « Est-ce que Madeleine aimerait Louis Brissonnet ?... Quand elle m'a écrit de Ragatz, pour me parler de leur rencontre, je me rappelle, j'ai été étonnée de son enthousiasme. J'ai expliqué cela par cette facilité à l'engouement qu'elle a toujours eue. J'ai voulu y voir une preuve de plus que ce projet d'un second mariage pour moi lui tenait vraiment au cœur. J'en ai souri et je lui en ai été reconnaissante. Si je m'étais trompée pourtant ?... Non. Encore non. Elle ne me l'aurait pas présenté... Puis-je supposer qu'elle l'ait fait uniquement pour s'assurer des facilités de le revoir ?... Et pourquoi non ? Elle a toujours été si personnelle, si peu habituée à se contraindre ! Tout lui a toujours tant réussi !... Ce serait un infâme procédé... Allons donc ! Une femme qui aime hésite-t-elle sur les procédés ? Madeleine aura spéculé sur cette froideur qu'elle m'a si souvent reprochée. Ma froideur ! Parce que je n'étale pas mes sentiments comme elle ! Ç'aura été son excuse à ses propres yeux. Elle se sera dit : ma sœur n'aimera jamais cet homme, je ne lui ferai donc aucun tort, et moi, elle me servira de paravent... Je crois que je deviens folle. Ce serait admettre qu'elle trahit son mari... Et ce n'est pas ! Ce n'est pas ! »

Comme on voit, ce petit monologue sous-entendait de singulières sévérités de jugement envers la tendre et pure Madeleine, et de bien imméritées, de bien gratuites aussi. Le principe de cette injustice était dans la secrète et constante malveillance, nourrie si longtemps par l'aînée des deux sœurs contre la cadette. Souffrir, comme Agathe avait fait, pendant des jours et des jours, du bonheur d'une autre, c'est nécessairement se former des idées inexactes sur le caractère de cette autre. Elle avait trop souvent critiqué les manières d'être de Madeleine, et avec trop d'acrimonie, pour n'avoir pas perdu le sens exact de cette exquise nature. Rien de plus fréquent, insistons-y, que ces erreurs d'optique entre personnes qui se voient sans cesse et ne connaissent d'elles que des images fausses. Ces méconnaissances sont à l'origine de presque toutes les tragédies de famille, autant que les discussions d'intérêt. Que de fois nous nous étonnons de constater que les qualités les plus évidentes d'un fils sont ignorées par ses parents, qu'un frère ne discerne pas chez un frère une valeur qui éclate aux yeux du premier venu ! Depuis des années, Mme de Méris avait été, dans maintes circonstances, dominée à l'égard de sa sœur par cette illusion à rebours, mais jamais comme à cet instant. L'automobile continuait d'aller, l'arrêtant ici, l'arrêtant là, devant une boutique, devant une autre. En proie à cette fièvre où l'on ne peut supporter ni la solitude, ni la compagnie, Agathe multipliait les courses inutiles, – en vain. Elle n'échappait pas à la jalousie qui la mordait au cœur aussitôt qu'elle se remettait en tête à tête avec ses pensées.

– « Ce n'est pas ?... » reprenait-elle. « Et pourquoi cela ne serait-il pas ?... N'apprend-on point tous les jours, par un scandale absolument inattendu, des secrets que l'on n'aurait pas même imaginés comme possibles dans certaines existences ? Tromper, c'est jouer la comédie, c'est feindre un personnage que l'on n'est pas... Et puis, Liébaut est un excellent, un brave garçon, mais qu'il est commun ! Qu'il est lourd ! Si un homme réalise le type du mari trahi, c'est bien lui... La rancune de la veuve pour le mariage heureux de sa sœur ne la rendait pas d'habitude très indulgente pour son beau-frère le médecin. Elle la retrouvait, cette rancune, au service de ses iniques soupçons : « Mais, pour que Madeleine le trahît, il faudrait qu'elle eût Brissonnet pour complice... Pour complice ? Alors, les attitudes de Louis avec moi, ses regards, ses silences, où j'ai cru deviner tant d'émotions cachées, seraient autant de mensonges ! Non, je ne veux pas croire de lui cette infamie. Je ne le veux pas... Au contraire, s'il a deviné que Madeleine l'aime, tandis que lui ne l'aime pas, cette idée ne suffit-elle pas à expliquer qu'il n'ose pas se déclarer ?... Oui. La voilà, la vérité... C'est la raison pour laquelle Madeleine a tant changé depuis ces dernières semaines.

Elle voit que Louis m'aime, et elle, elle aime Louis. C'est la raison pour laquelle il se tait. Il ignore tout de mes sentiments. Elle lui a laissé voir tout des siens… Il a pitié d'elle, et sans doute aussi, il pense que s'il me demande ma main, elle se jettera en travers… Et moi qui me suis confiée à elle, moi qui l'ai chargée de ce message !… C'est préférable ainsi. Je saurai à quoi m'en tenir. Ah ! S'il m'aime, je ne me laisserai pas prendre mon bonheur. Et il m'aime ! il m'aime !…

La jeune femme s'était répété ce mot passionnément, afin d'en redoubler l'évidence. Son âme tourmentée s'y était fixée, comme à un point solide, où trouver un appui et de la force, quand après deux heures de ces méditations contradictoires, où tour à tour elle avait incriminé et innocenté sa sœur, l'automobile s'arrêta enfin à l'entrée de la maison qu'elle habitait. C'était une grande bâtisse palatiale, pour employer le vocabulaire barbare d'aujourd'hui, à l'angle de l'avenue des Champs-Élysées et d'une des rues qui la coupent. Mme de Méris occupait dans ce caravansérail un vaste appartement d'une installation intensément moderne, – un peu par esprit d'opposition au petit hôtel intime de Madeleine. Elle demeura étonnée de voir stationner devant sa porte un coupé à caisson jaune attelé de deux petits chevaux, l'un blanc et l'autre noir. Elle reconnaissait la voiture de louage dont son beau-frère se servait pour ses visites :

– « Tiens, » se dit-elle, « Liébaut a un malade dans ma maison ? » Puis aussitôt : « À moins qu'il ne soit chez moi… Chez moi ? Pour quel motif, lui qui ne vient pas me voir deux fois par an ?… » Après ses réflexions de tout à l'heure, une explication de cette visite irrégulière s'offrit à elle, qui lui fit battre le cœur, tandis que l'ascenseur, trop lent à son gré, l'emportait vers son troisième étage : « Se douterait-il de quelque chose ?… Mais de quoi ?… »

Le médecin était chez sa belle-sœur en effet. Il l'attendait dans une espèce de boudoir dont le seul aspect faisait un contraste significatif avec le coin si privé, si individuel, où, deux heures auparavant, Madeleine recevait

Agathe. Ce petit salon de l'aînée aurait suffi à dénoncer les côtés tendus, guindés, et pour tout dire, prétentieux de sa nature. Cette pièce, où elle se tenait cependant beaucoup, avait l'impersonnalité d'un décor. Mme de Métis avait essayé d'en faire une copie, strictement classique, d'une chambre du dix-huitième siècle. Elle avait obtenu un ensemble si visiblement composé qu'il en était froid, artificiel, et surtout, ce n'était pas son salon. Sa grâce un peu raide y était trop déplacée, et non moins déplacée à cette minute la physionomie du docteur François Liébaut, qui, professionnellement vêtu de la redingote noire, allait et venait parmi ces étoffes et ces meubles clairs. C'était, on l'a déjà dit, un homme de quarante et quelques années, vieilli avant l'âge. Il avait trop peiné, dans ces conditions de détestable hygiène où vivent nécessairement les médecins lorsqu'ils cumulent les labeurs de la clientèle et des recherches personnelles. Son teint brouillé où dominaient les nuances jaunes révélait la funeste habitude des repas pris vite et irrégulièrement entre deux consultations. Sa tête penchée en avant racontait une autre habitude, et non moins funeste, celle des longues séances à son bureau le soir, quand, la journée du praticien à peine finie, celle du savant commençait. Les personnes qui s'intéressent à cet ordre de questions connaissent son beau traité des Cachexies, où se trouvent exposées des théories neuves, notamment sur ces deux redoutables maladies des capsules surrénales et du corps thyroïde qui conservent une gloire funèbre aux noms d'Addison, de Basedow et de Graves. Le caractère très spécial des études du mari de Madeleine suffit à expliquer comment la jeune femme, toute intelligente et toute dévouée qu'elle fût, n'avait pu s'y intéresser véritablement. Elle avait beau être une créature très délicate, très souple, et, par conséquent, très disposée à modeler ses goûts sur ceux de l'homme distingué qu'elle avait épousé, son imagination avait été incapable de le suivre dans des analyses si austères, si répugnantes par certains points une sensibilité neuve et fine. Elle avait vu travailler François en l'admirant de son inlassable patience. Elle avait aussi admiré son dévouement envers ses malades, les noblesses de son désintéressement, mais tout le domaine technique où son mari vivait en pensée lui était resté fermé, et depuis quelque temps hostile. C'est le danger qui menace les ménages des hommes trop profondément enfoncés dans des recherches d'un ordre trop abstrait. Quand ils ont épousé une femme très simple, elle se résigne à jouer auprès d'eux le rôle de la Marthe de l'Écriture : « Elle allait s'empressant aux divers soins du service. » Mais il arrive que cette Marthe, une fois sa besogne finie, voudrait devenir Marie, celle qui « s'asseyait aux pieds du Seigneur, pour écouter sa parole » et qu'elle est malheureuse de ne le pouvoir pas ! Plus simplement et sans métaphores, Madeleine Liébaut était de celles qui, pour être tout à fait heureuses dans le mariage, ont le besoin d'une union absolue, totale, des cœurs et aussi des esprits. Faute de cette union, inconciliable avec un pareil métier et de pareilles recherches, elle s'était très tôt sentie un peu solitaire, même entre ses deux enfants, et auprès de ce compagnon qui dépensait toute son intelligence à écrire des pages emplies de ces « cas » abominables, enchantement des cliniciens. Quelques-uns de ces « cas » étaient quelque chose de plus pour la mère. On se rappelle que sa petite fille avait souffert, à la suite de rhumatismes, d'une légère atteinte de chorée, guérie par les eaux de Ragatz. Or, un des chapitres du grand ouvrage de son mari portait ce titre dont le seul énoncé poursuivait Madeleine d'une cruelle menace : Des rapports de la Chorée et de la maladie de Basedow. Elle avait cherché ces pages dans la bibliothèque du médecin, poussée par cette torturante curiosité du pronostic que connaissent trop tous ceux qui ont vu souffrir un être aimé sans bien comprendre son mal. Les sentiments de la mère à l'égard de la Science de son mari étaient depuis lors très complexes : elle éprouvait une reconnaissance anticipée pour l'habileté avec laquelle le médecin soignerait leur fille si jamais ce funeste présage se réalisait. Elle en voulait à cette Science du frisson où une pareille appréhension la jetait. C'étaient ces impressions qui l'avaient préparée, inconsciemment, à subir la nostalgie d'une autre existence, auprès d'un autre homme. La rencontre aux eaux avec l'héroïque officier d'Afrique avait soudain donné une forme à ses rêves. Elle s'était juré que personne au monde ne devinerait l'éveil en elle d'un émoi qui faisait horreur à ses scrupules. Hélas ! Elle avait été devinée par celui à qui elle aurait le plus passionnément désiré cacher la blessure soudain ouverte au plus secret de son cœur, François Liébaut lui-même, et le mari malheureux allait initier à sa découverte cette sœur dont la perspicacité jalouse avait déjà tant effrayé Agathe.

Quand Agathe entra dans le salon, son premier regard lui apprit ce qu'elle avait pressenti : la visite de son beau-frère annonçait un événement extraordinaire. Lequel ? Le visage du médecin, grave d'habitude, mais d'une gravité distraite et vague, celle de l'homme qui suit ses idées, était comme tendu, comme contracté par un rongement de soucis. En même temps, l'émotion de l'entretien qu'il se préparait à provoquer avec la sœur de sa femme lui donnait une inquiétude dont la fièvre se reconnaissait à ses moindres mouvements. Ses doigts se crispaient sur le dos des meubles, autour des bibelots qu'il prenait et reposait sans les voir. Ses paupières battaient sur ses yeux, qui n'osèrent pas d'abord se fixer sur son interlocutrice. La conversation à peine engagée, ce fut au contraire, de sa part, cette ardente, cette prenante inquisition des prunelles, qui ne veulent pas laisser échapper le plus petit signe, dans leur avidité de savoir… De savoir ? Mais quoi ? Obsédée elle-même par les pensées que l'entrevue de cette après-midi lui avait infligées, comment Agathe n'eût-elle pas aussitôt soupçonné la vérité ? Son beau-frère était venu chez elle, avec le projet de lui parler des relations de Madeleine et de Brissonnet. Pour lui non plus, ces relations n'étaient donc pas claires ?… La curiosité d'apprendre si elle avait deviné juste, était si forte aussi chez la jeune veuve qu'elle se sentit trembler, et, dans l'incapacité de cacher son énervement, elle feignit une inquiétude bien différente de celle qui la poignait réellement :

– Comme vous semblez troublé, François … » demanda-t-elle en allant droit à lui, et lui prenant la main : « Qu'y a-t-il ?… Ma sœur n'est pas plus souffrante ?… Je l'ai quittée un peu fatiguée… Ce n'est pas cela ? Non… Il n'est rien arrivé à Georges et à Charlotte, au moins ? Mais parlez, parlez… »

– « Calmez-vous, ma chère Agathe, » dit Liébaut. L'instinct du métier venait de lui faire prendre, à lui, si profondément remué de son côté, le ton qu'il aurait eu au chevet d'un malade en proie à une surexcitation nerveuse. « Non, » continua-t-il d'une voix qui s'émouvait à son tour, « il n'est rien arrivé à personne, heureusement… Pourtant vous avez raison, c'est à cause de Madeleine que je suis ici. C'est d'elle que je suis venu vous parler… »

Mme de Méris n'avait jamais approuvé, on ne l'ignore pas, le mariage de sa cadette, et le bonheur apparent de cette union bourgeoise n'avait pas contribué à diminuer cette antipathie. Aussi ne s'était-elle jamais donné la peine d'étudier ce beau-frère dont elle rougissait un peu, malgré sa haute valeur. Là encore, la grande loi de la mésintelligence familiale par idée préalable avait accompli son œuvre. Madeleine avait jugé Liébaut, une fois pour toutes, et condamné. Elle s'était formé de lui l'image d'un très honnête personnage, et très ennuyeux, supérieur sans doute dans son métier, mais absorbé dans des travaux qui ne l'intéressaient, elle, en aucune manière, et absolument dépourvu de toute conversation. Qu'il eût pu plaire à sa cadette, elle avait, dès le premier jour, déclaré ne pas le comprendre, et sa malveillance à l'égard de cette sœur secrètement jalousée avait trouvé là une occasion unique de s'exercer, sous la couleur d'une généreuse pitié. Elle ne soupçonnait pas que cet homme, silencieux et modeste. volontiers effacé dans le monde, avait une délicatesse presque morbide d'impressions. François Liébaut était un de ces sensitifs qui perçoivent les moindres nuances, qu'un air de froideur surpris chez un de leurs proches paralyse, qui souffrent de la plus légère marque d'indifférence. Cette exquise susceptibilité du cœur ne semble guère conciliable avec les dures disciplines de l'Hôpital et de l'École pratique. Elle existe pourtant chez quelques médecins, et, comme il arrive quand il y a une antithèse radicale entre les exigences de la position et les prédispositions natives, celles-là exaspèrent celles-ci au lieu de les guérir. Le mari de Madeleine appartenait à cette espèce très rare, et si aisément méconnue, des praticiens qui deviennent des amis pour leurs clients, que les larmes d'une mère au chevet d'un enfant mourant bouleversent, qui sont atteints par l'ingratitude d'un malade comme par une trahison. L'on devine, d'après ces quelques indications, ce qu'avait été pour lui, dès ses fiançailles, l'antipathie latente de la sœur de sa femme. Il avait d'abord essayé de désarmer Agathe, gauchement. N'y réussissant pas, il avait fini par accepter cette hostilité, se repliant, s'enveloppant lui-même d'indifférence.

Pour qu'il fût venu, ce soir, prendre sa belle-sœur comme confidente, il fallait qu'il fût en proie à une crise bien forte de souffrance. Cela, Mme de Méris l'avait reconnu aussitôt, mais ce que les premières phrases de son beau-frère lui révélèrent et qu'elle n'eût jamais même imaginé, ce fut la perspicacité exercée par ce taciturne à son endroit, durant tant d'années. Ce fut surtout la finesse et la fierté de cette âme qu'elle avait considérée comme si peu digne d'intérêt, comme si vulgaire, – pour employer un de ses mots. Ce fut enfin le drame caché, le dessous vrai d'un ménage dont elle avait inconsciemment envié la tranquillité, en affectant d'en dédaigner le caractère « pot-au-feu ». Agathe avait rêvé pour elle-même d'aventures romanesques. L'issue de cette petite tragédie sentimentale où les avait engagées, sa sœur et elle, une secrète rivalité d'amour, devait lui apporter l'évidente preuve que ce romanesque tant souhaité ne réside ni dans les événements exceptionnels, ni dans les destinées extraordinaires. Les cœurs sérieux et profonds, ceux qui ont « accepté » leur vie, – comme elle avait dit ironiquement sur le quai de la gare, – qui s'y sont attachés par leurs fibres les plus secrètes, sont aussi ceux qui éprouvent au plus haut degré ces émotions intenses, vainement demandées par tant d'imaginations déréglées aux révoltes et aux complications :

– « Agathe », reprit Liébaut après un silence, « les choses que j'ai à vous dire sont si graves, si intimes, qu'au moment de les formuler les mots me manquent… Nous n'avons jamais beaucoup parlé à cœur ouvert, vous et moi. Ne voyez pas un reproche dans cette phrase… » insista-t-il en arrêtant sa belle-sœur d'un geste, comme elle protestait. « La faute est toute à moi qui ne vous ai pas fait voir assez à quel point j'étais disposé à vous aimer comme un frère… Mais oui, j'ai toujours été ainsi, même avec Madeleine. Je ne sais pas me raconter. C'est ridicule, je m'en rends trop compte, un médecin timide, un médecin sentimental et qui garde à part lui des impressions qu'il n'ose pas exprimer !… C'est ainsi pourtant, et sur le point d'avoir avec vous un entretien d'où dépend peut-être tout mon bonheur, il faut que je vous aie dit d'abord cela, pour que vous ne me croyiez pas fou, tant l'homme que je vais vous montrer diffère de celui que vous connaissez, ou croyez connaître… »

– « Celui que je connais, » répondit Mme de Méris, « a toujours été le meilleur des maris et le plus aimable des beaux-frères… »

– « Ne me parlez pas ainsi… » interrompit Liébaut, presque avec irritation, et il ajouta aussitôt : « Pardon !… À de certaines minutes solennelles, et nous sommes à l'une de ces minutes, les phrases de courtoisie font du mal. On ne peut supporter que la vérité… D'ailleurs, » et son visage exprima une résolution soudaine, presque brutale, celle de quelqu'un qui, voulant en finir à tout prix, renonce d'un coup aux préambules qu'il avait préparés longuement et va droit à son but… « D'ailleurs, à quoi bon revenir sur les maladresses que j'ai pu avoir dans mes rapports avec vous ? Je suis le mari de votre sœur. Nous sommes attachés l'un à l'autre par le lien le plus étroit qui existe, en dehors de ceux du sang. Nous ne faisons, vous, ma femme et moi, qu'une famille. J'ai le droit de vous poser la question qui me brûle le cœur et je vous la pose… Agathe, voici maintenant plus de trois mois qu'un homme est entré dans notre intimité, qu'aucun de nous ne connaissait que de nom auparavant… Chaque semaine écoulée, depuis lors, n'a fait que rendre plus grande cette intimité… Cet homme n'est pas seulement reçu chez vous et chez nous, il s'est fait présenter à tous nos amis. Quand on nous invite, vous et nous, on l'invite. Allons-nous au théâtre, vous et nous ? Il y va… À une exposition ? Il s'y trouve… Cet homme est jeune, il n'est pas marié… Agathe, je vous demande de me répondre avec toute votre loyauté : est-ce à cause de vous que M. le commandant Brissonnet vient dans notre milieu, comme il y vient ? Est-ce à cause de vous… » répéta-t-il. Et sourdement, comme s'il avait eu honte d'avouer la souffrance qu'enveloppait cette simple et angoissante demande : « ou de Madeleine ?… »

Un sursaut involontaire avait secoué la sœur aînée. Pour que son beau-frère en fût arrivé, lui si discret, si réservé, à poser cette question, directement, – répétons le mot, – brutalement, il fallait qu'il eût observé des faits positifs, – quels faits ? – qu'il eût commencé de suivre une trace, –

quelle trace ? Une réponse non moins directe, non moins brutale venait aux lèvres de la rivale éprise et jalouse : « Dites tout, François. Vous croyez qu'il peut y avoir un secret entre Madeleine et Brissonnet ? Vous le croyez. Sur quels indices ? Comment ?... » Elle eut l'énergie de se dominer, un peu par cet instinct de franc-maçonnerie du sexe qui veut que, devant l'enquête pressante d'un homme, une femme se sente d'abord solidaire d'une autre femme. Entre sœurs, même qui ne sont pas très intimes, cet instinct est plus fort encore, plus spontané, plus irrésistible. Et puis, montrer aussitôt combien cet interrogatoire de son beau-frère la bouleversait, c'était, pour Agathe, avouer ses propres sentiments. C'était dire qu'elle aimait et qui elle aimait. C'était manquer à cette surveillance de soi, poussée chez elle, depuis tant d'années, jusqu'à la roideur, en particulier dans ses relations avec le mari de sa sœur cadette. C'était enfin risquer de ne pas apprendre ce qu'elle désirait savoir, maintenant, à n'importe quel prix. Un autre instinct, celui de ruse et de diplomatie, toujours éveillé chez les femmes les plus violemment emportées par la passion, lui fit trouver sur place un moyen sûr d'arracher son secret à cet homme, impatient, lui aussi, de savoir. Il allait lui dire toutes ses raisons d'être jaloux.

– « C'est à mon tour de vous supplier de vous calmer, mon cher François, » répondit-elle. « Oui, calmez-vous. Il le faut. Je le veux... Vous me voyez stupéfiée de ce que j'apprends... En premier lieu, que vous croyez avoir quelque chose à vous reprocher dans votre attitude vis-à-vis de moi ?... Je vous répète que je vous ai toujours trouvé si bon, si affectueux, et ce ne sont pas des formules de courtoisie, je vous le jure. Mais nous reviendrons là-dessus un autre jour... J'arrive tout de suite au second point, le plus important, puisqu'il paraît vous bouleverser, à ces assiduités de M. Brissonnet auprès de Madeleine et de moi. Je vous répondrai en pleine franchise. Pour qui le commandant fréquente-t-il chez elle et chez moi ?... Ni pour l'une ni pour l'autre, que je sache – du moins jusqu'ici. Pas pour moi, puisqu'il ne m'a pas demandé ma main et que je suis veuve. Pas pour Madeleine, puisqu'elle n'est pas libre. Vous n'allez pas faire à ma sœur l'injure de penser qu'elle se laisse faire la cour, n'est-ce pas ?... Je vous préviens que si vous avez de pareilles idées, je ne vous le pardonnerai point... M. Brissonnet fréquente chez nous parce qu'il est seul à Paris, désœuvré, et que nous le recevons comme il mérite d'être reçu, après ses belles actions et ses malheurs. Tout cela est très simple, très naturel... Encore un coup, revenez à vous, François. Ai-je raison ?... »

Elle le regardait en parlant, avec un demi-sourire qui tremblait au coin de ses lèvres fines. Il y avait dans sa voix un je ne sais quoi de forcé auquel son interlocuteur ne se trompa point. Le métier du médecin est comme celui du peintre de portraits. Il habitue ceux qui l'exercent à des intuitions instantanées qui semblent tenir du miracle. Le plus petit changement d'une physionomie leur est saisissable. Quand ce pouvoir d'observation est au service d'une simple curiosité, l'homme peut ne pas bien traduire ces signes qu'il sait si bien voir. Mis en jeu par la passion, cet esprit professionnel aboutit à des lucidités littéralement foudroyantes pour ceux ou celles qui en sont l'objet, et Agathe écoutait avec une stupeur déconcertée Liébaut reprendre :

– « Vous mentez, Agathe, et vous mentez mal. Si c'était vrai que M. Brissonnet ne fréquentât notre milieu ni pour vous ni pour Madeleine, vous ne seriez pas émue comme vous l'êtes, en me répondant... Tenez, » insista-t-il ; et lui saisissant la main, il lui mit le doigt sur le pouls avant qu'elle eût pu se soustraire à ce geste d'inquisition... « Pourquoi votre cœur bat-il si vite en ce moment ?... Pourquoi avez-vous là, dans la gorge, un serrement qui vous force à respirer plus profondément ?... Pourquoi ?... Je le sais et je vais vous le dire. Vous aimez le commandant Brissonnet. Vous l'aimez... Si j'en avais douté, je n'en douterais plus, rien qu'à vous regarder maintenant...

– « Du moment que vous pensez ainsi... » répondit Agathe en se dégageant... « je ne comprends plus du tout votre démarche, permettez-moi de vous le dire, François. J'ajoute qu'il y a des points auxquels un galant homme doit toucher très délicatement dans un cœur de femme, fût-ce celui d'une belle-sœur, et vous venez de manquer à cette délicatesse élémentaire.

Que j'aime ou non M. Brissonnet, quel rapport y a-t-il entre ce sentiment qui me concerne seule, s'il existe, et la question que vous m'avez posée ?... »

— « Quel rapport ?... » répéta le médecin. « Quand on aime, on sait si l'on est aimé… On souffre tant de ne pas l'être !... » Et, avec un accent que Mme de Méris ne lui connaissait pas… « Ne rusez pas avec moi, Agathe, ce serait coupable. Je vous pose de nouveau ma question, en toute simplicité. Oui ou non, le commandant Brissonnet vous aime-t-il ? Répondez-moi. Je suis votre frère. Vous pouvez me confier, à moi, vos projets d'avenir. Vous êtes libre, vous venez de le déclarer vous-même. Le commandant l'est aussi. Il est tout naturel que vous pensiez à refaire votre vie avec lui. Vous a-t-il parlé dans ce sens ? Ou, s'il ne vous en a pas parlé, avez-vous deviné dans son attitude qu'il allait vous en parler, que la timidité l'en empêchait, qu'il n'osait pas,. qu'il oserait ? C'est là ce que j'ai voulu dire quand je vous ai demandé si M. Brissonnet fréquentait notre milieu pour vous, ou… »

Il s'était arrêté une seconde, comme si la fin de la phrase qui lui avait échappé imprudemment tout à l'heure lui était trop dure à énoncer de nouveau. Ce fut Agathe qui les formula, cette fois, les mots cruels dont elle avait été si bouleversée.

— « Ou pour Madeleine ?... » répondit-elle, achevant elle-même l'interrogation devant laquelle il reculait. Et, entraînée à son tour par l'émotion que les paroles si étrangement exactes de Liébaut avaient soulevée en elle, la sœur jalouse continua : » Vous avez raison, il vaut mieux pour tout le monde que toutes les équivoques soient dissipées. Elles le seront… Hé bien ! Oui, François, j'aime M. Brissonnet. Je n'ai en effet aucun motif pour me cacher d'un sentiment que j'ai le droit d'avoir, et qui ne prend rien à personne. Quant à ses sentiments pour moi, je ne peux pas vous le dire, parce qu'il ne me les a pas dits et que je ne les connais pas. Vous prétendez que l'on voit toujours si l'on est aimé, quand on aime. Ce n'est pas vrai, et cette incertitude est un martyre bien douloureux aussi par instants ! C'est le mien… Cet aveu est trop humiliant pour ne pas vous prouver que je vous ai répondu avec une absolue franchise. À vous de n'être pas moins franc avec moi, maintenant, en échange. Vous me devez de me faire connaître toute votre pensée, entendez-vous, toute. Vous avez pénétré le secret de mes sentiments pour M. Brissonnet. Certains indices vous ont fait croire qu'il y répondait. D'autres vous ont fait croire autre chose, puisque le nom de Madeleine vous est venu aux lèvres après le mien. Quels indices et quelle autre chose ? Achevez… »

– « Ah ! » s'écria François Liébaut avec accablement. « C'est à mon tour de ne plus comprendre, de ne plus savoir. J'étais si sûr que votre réponse me donnerait une évidence, une clarté. Et c'est le contraire. Les choses m'apparaissent comme si vagues, comme si incertaines à cette minute. Rien qu'en essayant de donner un corps à mes idées, je les sens s'évaporer, s'évanouir… Et cependant je me les suis formées d'après des faits, ces idées. Elles ne sont pas des fantaisies de mon cerveau malade. Je n'ai pas rêvé, en observant que depuis ces trois mois, vous, Agathe, vous avez changé. Je n'ai pas rêvé davantage en constatant que Madeleine avait changé aussi… Quand elle est revenue des eaux, elle était encore gaie et ouverte, déjà moins qu'avant son départ. Je la surprenais quelquefois songer indéfiniment. Je remarquais aussi que ses conversations avec Charlotte roulaient toujours sur les incidents de ce fatal séjour à Ragatz. Elle n'avait rien à se reprocher, puisqu'elle m'avait écrit le détail de sa rencontre avec M. Brissonnet. Elle n'a rien à se reprocher encore aujourd'hui, j'en suis sûr, sûr comme vous et moi nous sommes ici. Elle m'avait parlé, dans ses lettres, de son désir que cet homme vous plût… Il n'était pas à Paris alors. Dès son retour, il est venu à la maison. Je ne m'y suis pas trompé. Du premier regard que nous avons échangé, lui et moi, j'ai éprouvé cette antipathie qui est un avertissement. Oui. J'y crois. Les animaux la ressentent bien devant les êtres qui peuvent leur nuire. À cette première visite, Madeleine était très nerveuse. Je m'en suis bien aperçu aussi. J'ai attribué cette nervosité à ce projet d'un mariage entre vous et le commandant. Je l'avais si souvent entendue m'exprimer ses inquiétudes sur votre avenir ! Je savais comme elle est sensible aux moindres événements qui vous concernent !… Et puis M. Brissonnet vous a été présenté. Il est allé chez vous. Il est venu chez nous. Cette nervosité de Madeleine n'a pas cessé de grandir. J'ai expliqué alors cet état singulier par des désordres physiques. Toute la force de diagnostic que j'ai en moi, je l'ai appliquée à l'étudier. Je la voyais pâlir, ne plus manger, ne plus dormir, s'anémier, tomber dans ces silences absorbés d'où l'on sort comme dans un sursaut. L'évidence s'est imposée à moi qu'il s'agissait là d'une cause uniquement morale. Quelle cause ? Il ne s'était passé qu'un fait depuis sa rentrée à Paris : la présence dans notre cercle du commandant Brissonnet. Je n'eus pas de peine à constater que la mélancolie de Madeleine subissait des hauts et des bas d'après les allées et venues de ce nouvel ami. Devait-il dîner chez nous ou passer la soirée ? L'excitation prédominait en elle. Était-elle certaine qu'il ne viendrait pas ? C'était la dépression… Je luttai contre cette évidence d'abord. Je voulus me persuader que je me trompais. Mes efforts pour diminuer mes soupçons ne firent que les accroître. J'essayai de parler de vous, de savoir si elle caressait toujours l'espoir que vous vous décideriez à épouser M. Brissonnet. Je lui demandai si elle pensait qu'il vous plût et que vous lui plussiez… À son embarras qu'elle ne domina point, à sa trop visible contrariété, j'ai mesuré le chemin qu'elle avait parcouru, et dans quel sens… Vous me demandez quels sont mes indices ? Mais c'est la gêne où je la vois quand Brissonnet passe la soirée dans un endroit où vous êtes, et qu'elle le sait. Mais c'est l'effort qu'elle fait, maintenant, quand l'entretien vient par hasard à tomber sur lui, pour en détourner le cours. C'est sa façon de baisser les paupières et de détourner les prunelles quand mes yeux la fixent. Elle a peur de mon regard. C'est l'exaltation avec laquelle sa tendresse se rejette sur ses enfants, comme si elle voulait leur demander la force de ne pas s'abandonner aux troubles dont elle est consumée… Ce qu'ils prouvent, ces indices, vous le savez maintenant aussi bien que moi : Madeleine est une honnête femme qui se défend contre une passion… Mais se défendre contre une passion, c'est l'avoir. Elle aime cet homme, Agathe, entendez-vous, elle l'aime. Je ne l'accuse pas plus de me trahir que je ne vous ai accusée tout à l'heure d'avoir été coquette. Je sais que vous ne vous êtes rien permis de coupable, même avec les sentiments que vous avez. Je sais pareillement que Madeleine ne m'a pas trahi, qu'elle ne me trahira pas.

Mais je ne peux pas supporter cette idée qu'un autre ait pris cette place dans sa pensée, dans son cœur. Je ne peux pas... »

Tandis que cet honnête homme se lamentait, mettant à nu, dans ce paroxysme d'agonie, les plaies les plus cachées de son ménage, une telle douleur émanait de son accent, de ses prunelles, et si fière, si pure ; la noblesse de son caractère apparaissait si nettement dans cette absence totale de bas soupçons, que Mme de Méris ne put s'empêcher d'en être touchée.

Cette pitié lui dictait son devoir : une insistance plus grande encore dans ses dénégations de tout à l'heure. Mais cette confirmation des idées qu'elle avait nourries toute l'après-midi avait ébranlé en elle cette corde mauvaise de la jalousie féminine, qui rend si aisément un son de haine, même dans les âmes les plus hautes, et Agathe n'avait pas une âme haute. Ces sentiments contradictoires : la compassion pour la souffrance vraie de son beau-frère, et la colère déjà grondante contre une rivale préférée passèrent dans les phrases qu'elle répondit à cette confidence :

– « Mais êtes-vous sûr que vous n'exagérez rien, mon pauvre François ? Entre un intérêt peut-être un peu vif et une passion, il y a un abîme... Pourquoi n'avez-vous pas dit à Madeleine simplement ce que vous venez de me dire, comme vous venez de me le dire ? Vous le lui deviez... Vous ne doutez pas d'elle. Vous avez si raison ! C'est une honnête femme. Elle le sera toujours... Elle aurait été la première à vous rassurer, j'en suis certaine... »

– « Lui parler ?... À elle ? » interrompit Liébaut. Jamais, jamais !... Je n'en aurais pas eu la force. Vous ne me connaissez pas, Agathe, je vous le répète. Vous ne savez pas combien j'ai de peine à montrer ce que je suis. Non. Je n'en ai pas eu la force... J'ai voulu sortir de cet enfer pourtant. J'ai compris que par vous j'en finirais avec cet horrible doute, par vous seule. Je vous l'ai dit : je vous avais observée, vous aussi. Je savais que vous aussi vous vous étiez laissé prendre à la séduction de cet homme. C'est même comme cela que j'explique toute l'histoire morale de ma pauvre Madeleine, quand je suis de sang-froid. Elle a voulu sincèrement vous marier à Brissonnet, et puis une passion l'a envahie qu'elle se reproche avec d'autant plus de remords. Elle ne se la pardonne, ni à cause de moi, ni à cause de vous… J'ai pensé : s'il en est ainsi, – et il en est ainsi, – il faut qu'Agathe sache cela. Je le lui apprendrai, si elle l'ignore, et voilà ce que je suis venu vous dire. De deux choses l'une : ou M. Brissonnet vous aime… Alors, passez pardessus toutes les convenances, tous les préjugés du monde. Rien ne s'oppose à votre mariage. Épousez-le, mais que ce mariage soit décidé, que Madeleine en soit avertie, qu'il se fasse vite, le plus vite qu'il sera possible. Une fois mariés, voyagez. Vous êtes riche, vous êtes indépendante. Ayez pitié de votre sœur, ayez pitié de moi, et qu'il s'écoule du temps, beaucoup de temps, avant que Madeleine ne le revoie… Ou bien cet homme ne vous aime pas, et alors… » Ici la voix du mari jaloux se fit singulièrement âpre et sourde : « c'est qu'il aime Madeleine… » Il insiste, sur un geste de son interlocutrice. « Oui, il aime une de vous deux. Sa conduite n'a pas d'autre explication, à moins d'admettre, ce que je me refuse à croire, que c'est un misérable et un suborneur. Dans ce cas, ce serait à moi d'agir… »

– « Que voulez-vous dire ? » interrogea Mme de Méris, soudain toute tremblante. Elle venait de voir dans sa pensée son beau-frère et celui qu'elle aimait en face l'un de l'autre, une provocation, un duel. « Que ferez-vous ? »

– « La démarche la plus simple, » répondit Liébaut, redevenu soudain très calme. Il se voyait, lui, dans son esprit, parlant en homme à un homme, et cette vision lui rendait le sang-froid des explications viriles ; « la plus simple, » répéta-t-il, « et la plus légitime, la plus indispensable. Je procéderai de la façon la plus courtoise pour commencer, et sans menaces. J'aurai une conversation avec M. Brissonnet. Je lui dirai que ses assiduités chez vous et chez nous ont provoqué des commentaires. J'en appellerai à son honneur… J'espère encore que ce premier entretien suffira… »

– « Mais vous ne pouvez pas l'avoir avec lui, cet entretien, » interrompit Agathe plus vivement encore. « Il vous est interdit, et pour Madeleine, et pour moi, » ajouta-t-elle. « Je vous en conjure, François, ne voyez pas M. Brissonnet… Que, voulez-vous ? Que cette situation prenne fin. Elle va prendre fin… Je ne savais rien de ce que vous venez de m'apprendre. Mais, moi aussi, je souffrais de cette incertitude, de cette équivoque. Je ne pouvais pas plus parler à M. Brissonnet que vous ne pouvez lui parler, moins encore. J'ai demandé à Madeleine, aujourd'hui même, de lui dire précisément ce que vous vouliez lui faire dire, que ses assiduités étaient remarquées Je n'étais pas avertie. Si je l'avais été, ce n'est pas à ma sœur que je me serais adressée. Mais c'est fait, et la conclusion forcée de cet entretien est celle que vous désirez. Si M. Brissonnet m'aime, il déclarera à Madeleine qu'il veut m'épouser. S'il ne m'aime pas, il ne pourra plus, après cette explication, venir chez moi. Ne pouvant plus venir chez moi, il ne pourra plus venir chez vous. Il disparaîtra de notre milieu. »

– « Et Madeleine a accepté de le voir et de lui poser cette espèce d'ultimatum ?… » interrogea Liébaut.

– « Elle a accepté… » répondit Agathe.

Un silence tomba entre le beau-frère et la belle-sœur. Ils avaient baissé les yeux l'un et l'autre, en même temps. L'un et l'autre les relevèrent, en même temps. Ils se regardèrent. La même vision insupportable avait passé devant leurs jalousies. Tous deux comprenaient maintenant, quoiqu'ils ne voulussent pas se l'avouer, que Madeleine aimait le commandant Brissonnet, tous deux qu'elle en était aimée. Ils auraient dû comprendre aussi que Madeleine n'avait jamais laissé même soupçonner à l'officier les troubles de son cœur. Ils le comprenaient. Pourtant l'un et l'autre, le mari et la sœur, furent traversés à la fois de la même pensée de défiance. Ce fut Agathe qui osa la formuler. Elle dit, presque à voix basse : – « Ah ! comme je voudrais assister cachée à cet entretien !… Je saurais alors… » Elle saisit les mains de son beau-frère et l'associant déjà à une complicité : Nous saurions… Entendez-vous, François, nous saurions. » Puis tout à fait bas : « C'est demain qu'il viendra la voir, vers les deux heures, sans doute. Elle me l'a dit… Elle vous croira sorti… Si vous reveniez cependant ?… Votre cabinet donne sur le petit salon… il y a une tenture devant la porte… Si vous vous y cachiez ? Si nous nous y cachions ?… Nous entendrions. Nous saurions… »

VII

DEUX NOBLES COEURS

Aucune proposition ne pouvait être plus contraire au caractère si loyal, si tendre de François Liébaut. Cet aguet caché auquel sa belle-sœur le conviait et chez lui, sous son propre toit, à son foyer, quel exercice déshonorant de sa prérogative de mari ! Mais il subissait une de ces crises de passion où se décèle la sauvagerie de l'amour blessé. C'est à des minutes pareilles qu'un homme d'honneur se laisse entraîner à ouvrir des lettres, qu'il force un secrétaire fermé à clef, qu'il paie les indiscrétions d'un domestique ! Lorsque le médecin quitta Mme de Méris, le malheureux avait consenti, non pas à tout ce qu'elle lui avait demandé, mais à une partie, celle qui lui était personnelle à lui. Il avait été convenu entre eux qu'une fois averti de l'heure exacte du rendez-vous, il rentrerait sans prévenir, et qu'il essaierait d'écouter la conversation de Madeleine et de Brissonnet, mais seul. Il n'avait pas voulu de la présence de sa belle-sœur. Même dans ces instants d'une si fiévreuse jalousie, il lui avait été trop odieux de livrer Madeleine à l'espionnage d'Agathe. Il avait reculé devant cet affront fait à sa chère femme. – Qu'elle lui était chère, en effet, à travers ses souffrances ! – Il l'avait vue, s'il acceptait cette offre tentatrice, parlant librement, se croyant chez elle, et, derrière la porte, se tapirait cette sœur aînée dont il savait trop qu'elle avait toujours envié sa sœur cadette ! Non. Il ne trahirait pas sa femme de cette trahison-là. Il ne se liguerait pas ainsi contre elle avec sa secrète ennemie. Qu'il employât, lui, pour savoir la vérité, un procédé clandestin, c'était son droit strict. Il se devait à lui-même de ne pas outre-passer ce droit par une complicité qui l'eût par trop avili à ses propres yeux… Mais était-ce même son droit ? Après s'être rangé au conseil de sa belle-sœur, un doute saisît Liébaut et un remords.

Il n'avait pas quitté depuis dix minutes Mme de Méris que sa loyauté se révoltait contre un projet qu'il n'eût pas même osé concevoir sans elle. Il lui semblait qu'il venait de traverser un mauvais rêve, que cet entretien avec Agathe n'avait jamais eu lieu. À mesure qu'il approchait de la rue Spontini et de sa propre maison, cette impression se changeait en une autre. Il allait se retrouver en face de Madeleine. Il faudrait qu'il lui dissimulât, non plus des émotions comme il faisait avec tant d'efforts depuis des semaines, mais un projet inavouable, tant il était insultant pour elle, et combien abaissant pour lui ! Il devrait, pour conduire à terme ce projet, commencer, dès ce soir, une enquête par trop indigne de ce qu'avait été leur ménage ! Parlerait-il de Brissonnet, sans paraître se douter de ce qu'il savait par Agathe ?… Essaierait-il de faire dire à Madeleine qu'elle attendait le commandant et à quelle heure ?… Ou bien se tairait-il entièrement sur ce point, afin de mieux les surprendre le lendemain ?… Cacherait-il qu'il avait vu Mme de Méris, ou, tout au contraire, le dirait-il, afin de provoquer une confidence sur la mission dont la sœur aînée avait chargé la sœur cadette ?… Ces allées et venues de sa pensée lui donnèrent une agitation presque insoutenable, contre laquelle il s'efforça de lutter, en quittant sa voiture, à la hauteur de l'avenue Malakoff et rentrant à pied. Quand il ouvrit la porte de l'hôtel avec la petite clef qu'il gardait pendue à sa chaîne de montre, il était du moins maître de ses nerfs. Cette facilité à revenir chez lui sans que personne fût averti de sa présence tenait à des convenances toutes professionnelles. Agathe avait compté sur cette particularité quand elle lui avait tracé le plan de sa rentrée clandestine le lendemain. C'était là comme une répétition de la scène qui devait avoir lieu. Elle réussit si bien que Liébaut se sentit rougir à cette phrase d'accueil de Madeleine :

– « Ah ! c'est toi, François, tu m'as fait peur… Je n'avais pas entendu la voiture… »

Elle avait été, en effet, comme réveillée en sursaut du songe où elle était tombée depuis le moment où sa sœur d'abord, puis Mme Éthorel l'avaient quittée. Elle avait condamné sa porte et elle était demeurée, les coudes sur les genoux, la tête dans les mains, à regarder le feu consumer d'une flamme lente les bûches de la cheminée, et à se débattre parmi trop de pensées, trop d'émotions contraires. Cette méditation avait été très douloureuse, car le visage qu'elle montra à Liébaut portait l'empreinte d'une étrange lassitude. La charmante femme trouva pourtant en elle la force de s'inquiéter de lui quand il lui eut répondu :

– « Je suis rentré à pied. J'ai voulu marcher un peu. »

– « Tu t'es senti souffrant ? » demanda-t-elle. « C'est vrai. Tu es rouge… Tu as le sang à la tête… Tu travailles trop… » ajouta-t-elle… « Et pourquoi ? Nous sommes assez riches, et tu es assez connu. Tu devrais te reposer… »

Elle avait pris la main de son mari, en prononçant cette phrase d'une affectueuse sollicitude qui n'était pas jouée. – » Elle m'aime donc !… » pensa le médecin. Que de preuves de dévouement Madeleine lui avait données ainsi depuis le retour de Ragatz ! Et toutes avaient infligé au mari la trop lourde impression de reconnaissance émue et de malaise qu'il éprouvait encore maintenant. Chaque fois il s'était posé cette question : « Oui, elle m'aime, mais comment ?… » Et il avait entrevu, derrière cette attitude si touchante, ce qui était, hélas ! la vérité : le parti pris de l'épouse qui se sait irréprochable, et qui témoigne une affection d'autant plus prévenante à son mari qu'elle ne se pardonne pas de sentir son cœur dominé par un autre. Une telle tendresse peut bien être très sincère. Cette épouse peut avoir pour ce mari une amitié réelle. Tant de souvenirs communs, une si ancienne accoutumance, l'estime, la sympathie, leurs enfants l'attachent à lui ! Ce sont des liens, d'imbrisables et chers liens. Ce n'est pas l'amour, et pour un homme fier et passionnément épris, comme était François Liébaut, quelle amertume de constater une pareille dualité de vie intérieure chez celle qui porte son nom ! Avec quels mots pourtant traduire une plainte qui n'a pas un fait auquel se prendre ? Et d'autre part, devant des gestes et des paroles de sollicitude, – comme celles que venait de prononcer Madeleine, – le moyen de ne pas se demander si l'on ne se trompe pas ? Il y avait aussi dans cet empressement de la femme du médecin une perspicacité qui la rendait plus émouvante pour lui. C'était vrai qu'il se sentait souvent très las ! Ce témoignage d'un intérêt si constant lui donna une recrudescence de remords pour l'entretien qu'il venait d'avoir et pour le dessein qu'il en rapportait. Il répondit : – « Quand j'aurai fini mon nouveau mémoire, je me reposerai... »

– « Je te connais, » répliqua-t-elle en hochant la tête, « et je connais le genre de tes recherches. Toi et tes unis, je vous ai trop souvent entendus dire qu'en médecine tout tient à tout. Chaque mémoire en amène un autre, et ainsi de suite, indéfiniment... Sais-tu ce qui serait raisonnable ? Voici l'hiver. Charlotte et Georges sont un peu pâlots. Malgré Ragatz, j'ai toujours peur pour elle d'une reprise de ses rhumatismes. Moi-même, je suis fatiguée. Ce froid m'éprouve. Nous devrions tous aller passer quelques mois au soleil, à Hyères, à Cannes, à Nice, ou en Italie ? »

Elle avait eu, pour formuler cette proposition de départ en famille, une prière dans ses yeux, presque suppliante et tout angoissée. Elle voulait partir ! Pourquoi ? Mais pour fuir celui qu'elle s'était défendu d'aimer et qu'elle aimait. Cette nouvelle évidence des troubles de conscience que traversait sa femme rendit au mari jaloux la frénésie de cette anxiété qui l'avait conduit chez Agathe, la poursuite de la vérité. Il répondit, cédant en apparence à la fantaisie de Madeleine :

– « Tu as peut-être raison. Ce voyage me tenterait beaucoup en principe, et, si ce n'est pas chez toi une idée en l'air... »

– « Hé bien ? » interrogea-t-elle, comme il se taisait.

– « Hé bien : je ne dis pas non... Tu as donc grande envie de quitter Paris ? » osa-t-il ajouter. « Tu n'y regretteras rien, ni personne, pas même ta sœur ? »

– « Oh ! ma sœur !… » fit-elle, comme si elle allait entrer dans la voie d'une confidence. Puis s'interrompant : « Les enfants vont descendre, » continua-t-elle, « nous ne serons plus seuls. J'ai justement à te parler de ma sœur et très sérieusement. Mais ce que j'ai à te dire exige que nous ayons du temps… »

Le petit garçon et la petite fille avaient l'habitude de dîner à table avec leurs parents, lorsque ceux-ci restaient à la maison. Malgré leur belle situation de fortune, les Liébaut conservaient ces vieilles mœurs de la bourgeoisie française, qui tendent à disparaître des milieux élégants pour céder à la coutume venue d'Angleterre : la relégation des enfants dans la nursery. Peut-être ce nouveau système, en séparant plus complètement les petites personnes des grandes, a-t-il de réels avantages d'éducation. En revanche, il n'est guère favorable à cette cordialité du foyer qui fut si longtemps le charme de notre vie de famille, et, surtout, il supprime le plus grand bienfait peut-être du mariage fécond. À de certaines heures, la présence d'un fils ou d'une fille entre des parents exerce sur eux une influence d'apaisement dont rien n'égale la puissance. Si Georges et Charlotte ne fussent pas entrés dans le petit salon, quelques minutes après que la mère avait prononcé cette phrase énigmatique : « J'ai justement te parler de ma sœur, » le père n'aurait certes pas eu la patience d'attendre davantage. Il eût pressé Madeleine de questions qui l'eussent froissée. Il s'y fût lui-même exaspéré. Ce cœur de femme se fût peut-être refermé. Au lieu de cela, quand les deux têtes blondes eurent apparu, et que le gentil babil de ces petits êtres eut commencé de remplir la chambre, les nerfs du mari soupçonneux se détendirent. L'acte auquel l'avaient décidé les conseils passionnés de sa belle-sœur, et sa propre souffrance, cet acte outrageant d'espionnage et de déloyauté lui devint du coup inexécutable. À voir les yeux clairs des enfants se fixer avec amour sur ceux de Madeleine, la main de la mère caresser ces boucles blondes, puis, à table, le rayonnement circulaire de la lampe suspendue éclairer ces trois visages, François Liébaut sentit qu'il n'avait pas le droit d'introduire dans son ménage des procédés de police. Cette femme, sa femme, méritait d'être respectée dans les arrière-fonds de sa vie intime. Elle y portait peut-être un douloureux secret ? Peut-être y soutenait-elle une lutte ? Ce combat caché – s'il se livrait dans cette conscience – représentait par lui-même une épreuve expiatoire que le chef de famille ne devait pas accroître. Un revirement acheva de s'accomplir dans cet esprit généreux. « Pour eux, » se disait-il, après le dîner, en attirant, lui aussi, ses enfants contre sa poitrine, et leur caressant les cheveux du même geste que la mère. « Oui, pour eux, je dois ne pas laisser la honte d'une vilenie se glisser entre nous… Madeleine ne saura pas que j'ai souffert de cette mortelle jalousie… Si je me suis trompé en croyant qu'elle était troublée par les attentions d'un autre, ce n'est que justice que je me taise. Ce n'est que justice encore si je ne me suis pas trompé. Elle mérite ce silence, puisqu'elle a eu la force de se vaincre… Non. Jamais une mauvaise pensée ne lui est venue. Jamais, jamais… Non. Demain dans cette conversation qu'elle a promis à sa sœur d'avoir avec cet homme, elle ne dira pas un mot qu'elle ne doive pas dire, elle n'en entendra pas un qu'elle ne doive pas entendre… Non. Je ne me cacherai pas pour l'espionner, comme une coupable… Ce serait de ma part une infamie. Je ne la commettrai pas… Mais que va-t-elle me dire, à propos d'Agathe ? Si elle me parle de la visite de celle-ci aujourd'hui et de la démarche dont elle-même s'est chargée, lui mentirai-je ? Lui cacherai-je ma visite à moi chez sa sœur ?… Comment lui expliquer alors que je ne lui en aie pas parlé, aussitôt rentré ?… Ah ! pourquoi n'ai-je pas suivi mon instinct ? Pourquoi ne me suis-je pas ouvert à elle dès les premiers mots ?… »

Ces réflexions s'imposaient à François Liébaut tandis qu'il embrassait son fils et sa fille. Leur incohérence traduisait bien les sentiments contradictoires dont cet homme amoureux et trop lucide était possédé. Il éprouvait à la fois le besoin irrésistible de s'expliquer avec Madeleine et celui de se taire pour la ménager. Vaines chimères que toutes les âmes nobles ont caressées, quand la jalousie les brûlait de sa fièvre convulsive ! Et, tôt ou tard, elles ont toutes manqué à ce pacte de silence, qui n'est pas humain. Le mari de Madeleine devait succomber à cette tentation de confesser toutes ses tristesses avec d'autant plus de facilité qu'il avait à confesser aussi une faute, commise uniquement en esprit, mais si grave : ce consentement au piège proposé par la perfide Agathe. Et comment eût-il pu garder sur son cœur le secret de cet insultant projet, devant la loyauté dont sa femme lui donna une preuve saisissante, une fois les enfants partis ?

– « Je t'ai dit que j'avais à te parler de ma sœur, » commença-t-elle, « Il s'agit d'un point délicat, si délicat que j'hésite depuis très longtemps à t'en entretenir. Mais les choses en sont venues à une crise si aiguë que j'ai le devoir de t'y mêler… Tu te souviens ce que je t'avais écrit de Ragatz, » continua-t-elle avec un visible effort, « et du projet que j'avais formé à l'endroit d'Agathe ? … Je rêvais de la marier à M. Brissonnet… Cette alliance t'a souri, à toi aussi, et quand le commandant s'est présenté chez nous, à Paris, nous avons, d'un accord unanime, accepté qu'il pénétrât dans notre société. Il a paru manifester le désir de se rapprocher d'Agathe. Nous ne nous y sommes pas opposés. Bref, il est devenu presque un de nos intimes… Et ce que nous n'avions pas osé espérer est arrivé. Agathe s'est laissé toucher le cœur. Elle l'aime. »

– « Tu ne m'apprends rien, » répondit Liébaut. Il avait sur la bouche l'aveu de sa conversation avec sa belle-sœur. Il se tut cependant, le cœur serré, pour laisser parler sa femme. Qu'allait-elle lui dire, n'étant prévenue de rien ? Il avait là une occasion trop tentante d'éprouver sa véracité, sans se déshonorer lui-même par l'emploi d'une ruse honteuse.

– « Si tu as deviné l'intérêt que M. Brissonnet inspire à Agathe, » reprit Madeleine, « tu te rends compte que tu as pu ne pas être le seul. Elle n'a pas su cacher ce sentiment à d'autres personnes de notre entourage, et qui ne sont pas aussi bienveillantes que toi ou que moi… Bref, on en cause, et Agathe a acquis la preuve que l'on en cause. Elle est venue aujourd'hui me communiquer ses inquiétudes. Elle est tourmentée d'une situation qui risquerait, en se prolongeant, de la compromettre, et qu'elle ne comprend pas. Comme elle me l'a dit très justement, il y a là un malentendu certain.

Elle est veuve. Elle est prête à donner sa main à M. Brissonnet. Elle ne veut pas, de sa part à lui, d'une attitude qui pourrait faire croire aux malveillants qu'elle n'est qu'une coquette, et elle se plaint qu'il ait pris, vis-à-vis d'elle, cette attitude. Il sait, comme tout le monde, qu'elle est libre. Il n'a qu'à ouvrir les yeux pour constater comme tout le monde encore, malheureusement, qu'il ne lui déplaît pas. Ses assiduités sont inexplicables s'il ne s'intéresse pas à elle, et il ne se prononce pas. Il peut y avoir bien des motifs à cette abstention : une liaison cachée qu'il hésite à rompre, la pudeur de sa trop modeste position de fortune… Que sais-je ?… Agathe s'en est d'abord étonnée. Maintenant elle s'en tourmente, je répète le mot, et elle a raison de s'en tourmenter. Il lui a paru nécessaire de mettre fin à des commentaires dangereux, en avertissant celui qui en est la cause, sans aucun doute, inconsciente. M. Brissonnet ne doit pas être rendu responsable de médisances qu'il ne soupçonne pas. Il faut qu'il les connaisse, et que, les connaissant, il se décide à prendre un parti. C'est l'idée d'Agathe, et que je trouve absolument sage… Elle a hésité à provoquer elle-même une explication de cette nature. Encore là elle a été sage. Elle a pensé que lui ayant présenté M. Brissonnet, j'étais une intermédiaire toute désignée et par ce petit fait et par ma qualité de sœur. Elle m'a donc demandé de voir le commandant. Elle veut que je l'avertisse des mauvais propos qui courent. C'est le mettre en demeure de se prononcer… J'ai accepté cette mission, si pénible qu'elle fût. J'ai écrit à M. Brîssonnet pour lui demander de venir ici demain à deux heures. La lettre n'est pas encore partie. Je n'ai pas voulu l'expédier avant que nous en eussions causé ensemble. »

– « Pourquoi ?… » interrogea le médecin. Il avait saisi dans l'accent de sa femme le frémissement d'une extrême émotion, mais contenue, mais domptée par une volonté que rien ne briserait. Son affectation à exposer le détail des faits sans commentaires, avec des soulignements voulus de chaque mot, en était la preuve. « Oui, pourquoi ? » insista-t-il, « je t'ai toujours laissée libre d'agir en toutes circonstances comme tu l'entends. Je te connais trop pour ne pas être sûr que tu ne te permettras jamais rien que je doive blâmer. »

– « Tu es très bon, je le sais, » lui répondit Madeleine. Elle répéta, en le regardant avec des yeux dont la détresse lui fit mal, « très bon… Aussi n'est-ce pas une permission que je voudrais obtenir de toi, ni même un conseil… Je voudrais te demander d'être là demain, si tu le peux, à deux heures, quand M. Brissonnet viendra… Je désire que tu le reçoives avec moi… Il me semble que ta présence augmentera la solennité de cet entretien, elle lui donnera le caractère familial qui la justifie… Enfin… » (et elle eut dans la voix un tremblement plus accusé encore) « toute seule, je me sentirais trop intimidée. Je ne trouverais pas bien mes phrases. Toi ici, près de moi, pour reprendre mes paroles au besoin, et les appuyer, j'aurai de la force… Ne me refuse pas d'assister à cette visite du commandant, mon ami ! C'est le plus grand service que tu puisses rendre à ma sœur, et, par conséquent, à moi… »

Il y avait, dans la simplicité avec laquelle l'épouse tentée, mais malgré elle, invoquait le secours de son mari à cette occasion, quelque chose de si délicat et de si loyal que celui-ci en demeura une minute sans répondre, tant il venait d'être touché à une place vive de son cœur. Lui qui, tout à l'heure, avait écouté les cruelles et flétrissantes insinuations de sa belle-sœur, lui qui avait accepté l'idée de se cacher là, derrière la porte du petit salon, pour épier cet entretien de Madeleine et Brissonnet, il éprouva un de ces sursauts de conscience qui ne peuvent se soulager que par l'entière franchise, et, brusquement, il se dressa debout devant sa femme, et lui saisissant les mains :

– « Écoute, Madeleine… Avant de te répondre, il faut que je t'aie fait une confession. Je ne peux pas accepter que tu me parles de la sorte et que moi, je me taise. Je ne le dois pas… Depuis que tu as commencé de me raconter ta conversation d'aujourd'hui avec ta sœur, la vérité me brûle les lèvres… Moi aussi, j'ai causé avec ta sœur aujourd'hui, tout à l'heure. J'arrive de chez elle… Tout ce que tu viens de me dire, elle me l'avait dit… Laisse-moi continuer, » insista-t-il comme Madeleine esquissait un geste d'étonnement. « Il faut que tu saches pourquoi je ne t'ai pas interrompue, dès les premiers mots... Il y a trop longtemps que ce secret m'étouffe, et quand je te vois si droite, si simple, si vraie, comme tu viens de l'être, je ne supporte pas de nourrir à part moi des idées que je te cache... Ne me réponds pas encore, » fit-il de nouveau, sur un second geste. « J'ai le courage de parler, à cette minute. Je ne suis pas sûr de l'avoir plus tard... Pourquoi je ne t'ai pas interrompue ? » répéta-t-il. « Je voulais savoir si tu me rapporterais exactement ce que m'avait dit Agathe. C'est une épreuve, ah ! bien honteuse, à laquelle je t'ai soumise, parce que... » il hésita un moment, « parce que je suis jaloux !... Le mot est prononcé, l'horrible mot !... Vois-tu, j'ai trop souffert depuis ces dernières semaines. Ces assiduités de M. Brissonnet dans notre milieu, dont tu me parles, je les ai remarquées, comme toi. Comme toi, j'ai remarqué cette anomalie dans sa conduite : il nous fréquentait avec une suite qui prouvait de sa part un intérêt très spécial, et il ne faisait cependant aucune démarche de nature à indiquer un projet précis... Pardonne-moi d'aller jusqu'au bout de mes pensées, Madeleine... Au moment même où je m'étonnais, à part moi, du mystère aperçu dans les façons d'être de cet homme, je t'ai vue devenir un peu nerveuse d'abord, puis davantage, puis vraiment malade. Il m'a semblé que ton état ne s'expliquait point par des désordres purement physiques. J'ai cru démêler en toi un trouble moral, et j'ai eu peur... Oui, j'ai eu peur que toi aussi tu ne te fusses laissé prendre à la séduction qui émane naturellement d'un héros, jeune, intéressant, malheureux... Et voilà comment je suis devenu jaloux ! Ce n'est pas ta faute si ton pauvre mari n'est qu'un tâcheron d'amphithéâtre et d'hôpital, usé par la besogne et qui n'a rien pour parler à l'imagination... Si souvent, depuis que je t'ai épousée, te voyant si jolie, si fine, si élégante, j'ai tremblé, non pas que l'on te fît la cour, j'ai toujours su que tu ne le permettrais point, mais que notre vie ne te suffit pas !... Et puis, je me suis demandé si ton charme n'avait pas agi sur l'esprit de notre nouvel ami, si ce n'était pas là une explication et de ses assiduités dans notre milieu et de ses silences à l'égard d'Agathe ?... J'ai lutté contre ces idées. Je ne me suis pas reconnu le droit de t'en infliger le contre-coup... Cette semaine-ci, elles sont devenues trop pénibles. J'ai été incapable de les dominer. Je n'ai pas eu la force d'avoir une explication avec toi. Je l'ai eue avec Agathe... cette après-midi... il y a quelques heures... »

– « Tu lui as parlé comme tu viens de me parler ?... » s'écria Madeleine. Tu lui as dit ce que tu viens de me dire ?... »

– « Tout, » répondit Liébaut.

– « Ah ! » gémit-elle, « comment as-tu pu ?... Tu m'as aliéné son cœur pour toujours !... Mon ami ! Que m'as-tu fait ?... Comme tu as mal agi envers moi ! ...Ah ! Je ne le méritais point !... »

Le médecin la vit trembler de tout son corps, en jetant ce cri où frémissait une révolte. Elle allait en dire davantage. Elle s'arrêta. L'idée de cet entretien que son mari avait eu avec sa sœur la bouleversait. Ce trouble n'était rien, à côté de l'épouvante dont l'avait remplie la première partie de cette confidence.

Par un instinct qui n'était pas une ruse, elle ne relevait dans ces déclarations de Liébaut qu'un seul point, celui où elle pût s'exprimer en pleine liberté sans avouer son secret. Elle tendit son énergie intérieure à cacher l'émotion dont l'accablait cette découverte de son mari, cette divination du sentiment qu'elle avait voulu dissimuler à tout prix, dont elle était décidée, même maintenant, à défendre le mystère. Cet effort dans une minute de si intense émotion eut son contre-coup subit et impossible à cacher. Elle n'eut pas plus tôt prononcé cette phrase qu'elle pâlit, comme si elle allait mourir. Elle se renversa en arrière sur son fauteuil, dans un spasme où le praticien saisit une nouvelle preuve, palpable et indiscutable, du profond ébranlement nerveux dont cet organisme était atteint. À de pareils désarrois il faut pourtant une cause. Et quelle autre supposer, sinon la vraie ? Malgré qu'il en eût, cette évidence s'imposait à Liébaut, tandis qu'il vaquait, avec une émotion que lui-même ne dominait pas, aux soins que nécessitait cet évanouissement. Quand Madeleine fut revenue à elle, ils restèrent, un instant, silencieux, à se regarder. Ils comprenaient l'un et l'autre que leur conversation ne pouvait pas s'achever ainsi. Ils devaient s'expliquer sur une question abordée entre eux, pour la première fois, et dans quels termes ! Elle rompit le silence, la première :

– « Pardon, mon ami, » dit-elle, « si je t'ai parlé un peu vivement tout à l'heure. Tu me dis que tu as souffert, et, pour insensée qu'elle ait été, cette souffrance est ton excuse… Oui, elle a été insensée… » Elle eut le courage, voulant imprimer jusqu'au fond du cœur de son mari la croyance à cet héroïque mensonge, de l'envelopper, de le pénétrer de son regard. Elle y avait mis toute sa loyauté d'honnête femme qui ne faillira jamais, tout son dévouement d'épouse qui se sent le droit et le devoir de garder pour elle seule le secret de ses tentations parce qu'elle sait qu'elle n'y succombera pas… « Mais, » continua-t-elle, « cela n'empêche pas que tu ne m'aies fait auprès d'Agathe un tort irréparable… Je t'ai si souvent dit qu'elle avait à mon égard une disposition un peu ombrageuse et que j'en étais peinée. Elle l'avait exercée à vide, jusqu'ici. Maintenant, elle va me haïr. Tu m'as aliéné son cœur, mon pauvre ami, le cœur de mon unique sœur, et pour une chimère, une insensée chimère !… »

– « Alors, » interrogea Liébaut, tu n'aimes pas cet homme ?… » De tout ce qu'elle venait de lui dire, le mari, si magnanime pourtant par nature, n'avait perçu, il n'avait retenu qu'un fait : ce démenti donné au soupçon qui le rongeait depuis tant de jours. Mais l'infaillible intuition de la jalousie ne se rend pas si vite. François avait faim et soif que sa femme répétât cette dénégation, qu'elle la précisât, qu'elle l'aidât à interpréter dans un sens favorable tant de petits signes dont il avait nourri son chagrin. En même temps il sentait que cette insistance était, en ce moment, une brutalité. Madeleine était si visiblement souffrante, qu'il était presque inhumain de prolonger une explication, très douloureuse si elle disait vrai, plus douloureuse si elle essayait de tromper la perspicacité de son mari afin de l'épargner. Hélas ! il suffisait que le médecin entrevît cette seule chance d'une généreuse imposture pour qu'il passât outre à tous les scrupules et il répéta : « Redis-moi que tu ne l'aimes pas. »

– « Encore, » fit-elle dans un geste accablé et d'une voix brisée. « Tu ne m'as donc pas fait assez de mal avec cette idée, en m'atteignant dans l'affection qui m'était la plus chère après la tienne ?... Je suis ta femme, mon ami, ta femme fidèle, et j'aime mes enfants... »

– « Ah ! » gémit-il, « ce n'est pas répondre... »

– « Hé bien... » commença-t-elle d'un accent plus ému encore.

– « Hé bien ?... »

– « Hé bien, non, je ne l'aime pas... » dit-elle.

– « Mais ta mélancolie, ces derniers mois, depuis ton retour de Ragatz, ta maladie, tes silences... Qu'avais-tu si tu n'avais pas un chagrin qui te rongeait ?... Mais ton évanouissement de tout à l'heure ?... »

– « Et c'est toi qui me poses des questions pareilles, » interrompit-elle, et trouvant la force de sourire, « toi, un médecin ?... C'est vrai. Je ne suis pas bien forte depuis ces quelques semaines. Mes nerfs me trahissent souvent... Ce serait à toi de savoir ce que j'ai et de m'en guérir. Tu préfères me rendre plus malade... »

Il la regarda. Elle continuait de lui sourire avec un pli d'infinie tristesse dans le coin de sa bouche entr'ouverte. Le tourmenteur, qui était aussi comme le héros de l'antique comédie, au titre poignant d'humanité éternelle, un « bourreau de soi-même », subit soudain, devant ce charmant visage dont il était si amoureux, un de ces accès foudroyants de remords comme les jaloux en éprouvent devant la funeste besogne de leur frénésie. Qui ne se rappelle le cri déchirant d'Othello devant Desdemona morte : « O femme née sous une mauvaise étoile ! Pâle comme ta chemise ! Lorsque nous nous rencontrerons au tribunal de Dieu, ton aspect présent suffira pour précipiter mon âme du ciel, et les démons s'en saisiront ! … Froide, froide, mon enfant ! Froide comme ta chasteté ! … » Certes les inquisitions angoissées du mari de Madeleine n'avaient rien de commun avec le geste du More assassin, et les susceptibilités du cœur dont il souffrait ne ressemblaient guère non plus à cette folie du héros shakespearien tombant d'épilepsie : « Leurs lèvres ! Est-ce possible ? Leurs lèvres ! Qu'il avoue !… Le mouchoir !… O démon !… » Pourtant ce fut bien par un même retournement violent de tout l'être que Liébaut se révolta brusquement contre sa propre passion. Il eut subitement l'horreur des paroles auxquelles il s'était laissé emporter. Il prit sa tête dans ses mains en se cachant les joues et les yeux, comme s'il ne pouvait supporter son remords, et il resta une minute sans parler. Puis il se mit à genoux devant sa femme, et, couvrant de larmes ses mains qu'il baisait, il lui dit :

– « Que faudra-t-il que je fasse pour que tu oublies l'action que j'ai commise en allant chez ta sœur comme j'y suis allé, et l'outrage que je t'ai fait en te parlant comme je t'ai parlé ?… Tu as raison. J'ai été un insensé. Je ne le serai plus… Cela m'a pris comme une fièvre, comme un vertige… Je n'ai plus été mon maître. … Mais je sais que tu me dis la vérité. Je le sais. Je te crois… Ah ! comment te prouver que je te crois ?… »

– « En te relevant d'abord, » répondit Madeleine sur le même ton de bonhomie attristée et tendre, qu'elle avait pris pour parler de sa santé. Elle venait de voir que c'était le plus sûr moyen de manier ce cœur blessé sans lui faire trop de mal. « Et puis, » continua-t-elle quand Liébaut fut debout, « me promettre que tu vas me répondre en toute franchise… Tranquillise-toi. Il ne s'agit pas d'une question qui mette en doute ta foi en moi. Moi aussi, je crois que tu me crois. Je le sais… Mais nous ne sommes pas seuls au monde. Tu me répondras ?… » Et sur un signe d'assentiment, elle reprit, avec un accent où palpitait encore toute son émotion cachée : « J'avais écrit ma lettre à M. Brissonnet pour lui demander de venir demain. Je ne l'avais pas envoyée, parce que je voulais savoir auparavant si tu approuvais ce projet d'explication concerté avec ma sœur… Les choses sont bien changées, maintenant que je sais ta visite chez elle et les chagrins que tu t'étais faits… Ne penses-tu pas qu'il vaudrait mieux que cette lettre ne partît point ?… Si ton entretien avec Agathe avait eu lieu hier, elle ne serait certainement pas venue aujourd'hui me demander ce qu'elle m'a demandé. À quoi servira mon intervention ? Si M. Brissonnet aime ma sœur et qu'il hésite à l'épouser, par timidité, par scrupule peut-être de la savoir trop riche, comme je t'ai dit, il se déclarera bien, tôt ou tard, et les mauvais propos tomberont d'eux-mêmes. Ils sont évidemment désagréables. Après tout, il ne faut pas s'en exagérer l'importance. Cet ennui n'est rien à côté de la peine que nous éprouverions, si, à la suite d'une conversation avec moi, où il aurait compris qu'il lui allait se décider, le commandant s'effaçait définitivement. Agathe ne me le pardonnerait pas, après que sa jalousie a été éveillée ainsi. Elle m'accuserait d'avoir joué un double jeu… Évidemment tu serais là, pour témoigner que je t'ai prié moi-même d'assister à cette explication. Y ayant assisté, tu pourrais en rapporter le détail… Elle ne te croirait pas non plus. Elle penserait que j'ai trouvé le moyen de t'abuser… Elle est tellement défiante !… Si tu m'as vue bouleversée tout à l'heure au point de défaillir, c'est que je connais ce trait de son caractère. J'ai prévu du coup dans quelles difficultés nous allions tous être enveloppés… Le mieux, vois-tu, c'est de ne pas nous mêler de ce mariage, dorénavant. »

– « Non, Madeleine, » répondit le mari avec une fermeté singulière, « tu dois t'en mêler au contraire et activement. C'est la meilleure preuve à donner à ta sœur que mes imaginations ont été folles et que je me suis trompé. Tu vois, je dis : à lui donner, car, moi, je n'ai plus besoin de preuves… Si tu échoues dans cette négociation, et que M. Brissonnet ne se décide pas à demander la main d'Agathe, il devra disparaître de notre milieu, ce qu'il ne pourra faire, étant donné le galant homme qu'il est, qu'en s'arrangeant pour éviter les commentaires. Il emploiera le plus sûr moyen, il quittera Paris. Il lui est si aisé de demander du service !… » Liébaut ne vit pas, heureusement pour lui, les mains de sa femme trembler sur l'ouvrage qu'elle venait de reprendre pour se donner une contenance. Il continua : « Devant ce départ, il sera bien difficile à Agathe de t'accuser d'avoir joué le double jeu dont tu parles, puisque ton intervention aura eu pour résultat une absence définitive… Si tu renonces à être son ambassadrice, au contraire, tu devras justifier ce revirement. Quelque prétexte que tu lui donnes, c'est alors qu'Agathe se méfiera. Cette visite que j'ai eu la funeste idée de lui rendre est trop récente. Elle devinera que nous nous sommes expliqués, toi et moi… Elle pensera que tu as cédé à ma jalousie, à moi… Et ce que je veux qu'elle sache bien, c'est que cette jalousie n'existe plus. D'ailleurs, elle le saura… »

– « Tu as l'intention de lui reparler ?… » demanda Madeleine vivement, avec une véritable angoisse. Puis, se reprenant : « C'est vrai. Tu ne peux guère faire autrement, car maintenant elle te reparlera, elle, sans aucun doute… Mon Dieu ! Pourvu qu'elle ne te rejette pas dans ces chimères dont je viens de te voir tant souffrir !… Non, tu n'y retomberas pas… Tu as raison. Si nous avons cet entretien demain avec M. Brissonnet, nous en retirerons du moins cet avantage que ta folle jalousie n'aura plus de matière : ou bien il sera le fiancé de ma sœur ou bien il s'en ira… Ayons-le donc, cet entretien, et le plus vite possible… »

Il y eut un silence entre les deux époux. La jeune femme vit que l'ombre – dissipée à quel prix et avec quel broiement de son pauvre cœur ! – reparaissait dans les prunelles du médecin. Les jalousies sentimentales, comme celle qu'éprouvait ce mari si loyal d'une femme si loyale aussi, ont des détours presque impossibles à prévoir. Elles traversent les plus déconcertantes alternatives d'exigences maladivement despotiques et de sacrifices follement, passionnément généreux. Dans sa honte d'avoir acquiescé, ne fût-ce qu'un instant, au projet d'espionnage suggéré par sa belle-sœur, François Liébaut éprouvait le besoin d'attester à sa femme, par un signe tangible, son absolu, son total retour de confiance. Lui qui n'avait pas repoussé, une heure auparavant, l'idée de se cacher, comme un policier, pour surprendre la conversation de Brissonnet avec Madeleine et les vrais sentiments de celle-ci, la seule perspective d'être en tiers dans leur entrevue lui faisait horreur à présent. Toute fine qu'elle fût, la charmante femme se trompa sur cette nuance de la plus illogique des passions. Elle demeura décontenancée, en se demandant si son mari ne lui tendait pas de nouveau un piège. Cette insistance à vouloir qu'elle exécutât la promesse faite à Mme de Méris n'était-elle pas une autre épreuve ? Elle calomniait ce cœur admirable dans lequel aucune duplicité n'était jamais entrée. Aussi fut-elle touchée aux larmes de sa réponse. Tant de délicatesse s'y mêlait à tant d'aveuglement !

– « Nous n'aurons pas un entretien avec M. Brissonnet, » dit-il, en reprenant les termes mêmes dont s'était servie sa femme et les soulignant par son accent. « Je ne serai pas là. Je ne veux pas y être. C'est toi qui verras le commandant et toi seule… C'est le gage que j'exige de ton pardon… Sinon, je penserai que tu gardes sur ton cœur une rancune contre moi, qui ne serait que trop justifiée !… J'avais le droit de souffrir des idées qui m'obsédaient. Je ne me les étais pas faites. Elles m'avaient pris et malgré moi… Je n'avais pas le droit d'essayer de les vérifier par cette voie détournée… Quand ta sœur saura que tu as vu cet homme, seule à seul, et cela d'après mon désir formellement exprimé, elle comprendra que changement s'est fait dans mes pensées, et je lui aurai expliqué pourquoi… Quant à retomber sous son influence et dans les troubles dont je suis sorti, n'aie pas peur, ma chère, mon unique amie. Mais je n'ai pas à te rassurer. Tu verras… Et, en attendant, où est ta lettre à M. Briçonnet ? »

– « Sur mon bureau… » répondit Madeleine. Elle eut sur les lèvres une dernière requête : « Attends encore. » Elle ne la formula point. Elle sentit que son mari trouverait l'apaisement à l'orage dont il était secoué dans cette volontaire abdication de ses droits de surveillance les plus légitimes. Et puis, elle était à bout de force. Il lui en fallait cependant pour accomplir ce qu'elle considérait comme son strict devoir : cacher à tout prix le trouble dont la bouleversait la perspective de cette conversation en tête-à-tête avec celui qu'elle aimait – et sur quel sujet ! Il était temps qu'elle retrouvât un peu de solitude, et que la scène actuelle prît fin, pour qu'elle pût enfin pleurer en paix, se pleurer, elle et cet amour défendu dont elle était consumée. Elle vit Liébaut chercher le billet qui n'était pas fermé. Il le cacheta sans en avoir pris connaissance, y colla un timbre, sonna, et remit l'enveloppe au domestique en disant :

– « Que l'on jette cette lettre tout de suite à la boîte du grand bureau de la place Victor-Hugo, pour qu'elle arrive demain matin, très exactement. » Quand la porte fut refermée, il revint s'agenouiller devant sa femme, et lui montrant un visage d'où émanait un rayonnement de tendresse exaltée :

– « C'est la première fois depuis des semaines que je vais dormir sans ce poids sur le cœur ! Pourquoi ne t'ai-je pas parlé plus tôt ? … Maintenant, je vais te soigner… Tu n'auras plus ces joues pâles. Tu guériras. Je chercherai. Je trouverai. Rien ne me sera impossible, du moment que je sais que tu n'as pas cessé de m'aimer. »

VIII

L'HEROÏQUE MENSONGE

Le médecin prouvait, par ces phrases où se soulageait, en s'épanchant, le flot amassé de ses mélancolies, que les diagnostics moraux sont plus malaisés à porter que les autres. Il ne se doutait pas que chaque protestation de son retour à la confiance meurtrissait cette âme de femme à une autre place. Les natures vraiment profondes et délicates, comme était Madeleine, ne se plaisent à elles-mêmes que si elles sont dans la vérité complète, non seulement de leurs devoirs, mais de leurs sentiments. S'il arrive qu'un conflit entre ce devoir et ces sentiments les oblige à sacrifier ceux-ci, elles n'hésitent pas à faire cette immolation dans leurs actes. L'épreuve la plus dure pour elles est de mentir sur l'état de leur cœur. Elles ont beau s'affirmer, comme dans ce cas, que de montrer la souffrance de leur martyre serait en détruire l'effet, elles ne peuvent s'empêcher de subir une sorte d'obscur remords, quand elles ont réussi à donner le change sur leurs émotions les plus secrètes. Le scrupule les saisit. L'insincérité, qu'elles savent pourtant si nécessaire, trouble leur conscience. Elles s'accusent d'être hypocrites, et elles n'ont même pas, pour récompense d'un effort où leur être se brise, cette satisfaction morale que leur dévouement semble mériter. Et voici qu'une tentation l'envahissait, celle d'être vraie à l'égard de quelqu'un, que son sacrifice fût connu, du moins qu'il fût plaint. – Par qui ? Par celui-là même qui le partagerait. Que de femmes intimement, résolument honnêtes et imprudemment passionnées comme elle, ont, comme elle, caressé ce dangereux projet d'avouer leur amour à l'heure même où elles y renonçaient ? C'est la suprême épreuve d'une vertu que ce combat contre l'aveu dans l'adieu : et Madeleine le soutenait avec elle-même dans la nuit qui suivit cette explication avec son mari. Elle était couchée dans son lit, toute lumière éteinte. Sous la porte qui séparait sa chambre à coucher de celle du médecin, elle pouvait voir briller une raie de lumière, et quand elle tendait l'oreille, elle distinguait le bruit de papiers froissés. Elle se rendait compte que Liébaut, non plus, ne dormait pas. Il avait été trop secoué par les émotions de la soirée. Tout le symbole de l'histoire secrète de ce ménage tenait dans ce contraste entre les insomnies des deux époux. Lui, avait repris son travail, ou du moins Madeleine le croyait. Elle le voyait, accoudé sur la petite table, placée dans l'angle, et où il transportait, de son grand bureau, le soir, les notes qu'il voulait classer avant de s'endormir, les épreuves qu'il se proposait de corriger. Elle ne le blâmait pas d'avoir l'énergie de cette besogne, si étrangère à leur commune préoccupation. Mais c'était une évidence trop accablante que leurs sensibilités ne réagissaient pas de même. Quelle femme, avec toutes les finesses et toutes les intelligences, a jamais pu comprendre ce phénomène de dédoublement qui permet à un homme d'études de se remettre, les larmes aux yeux, le cœur serré, à des recherches de l'ordre le plus froidement technique ? Tout à l'heure, quand Liébaut l'avait quittée, Madeleine avait pu lire sur la première page d'une brochure que le docteur portait à la main avec quelques autres : « Un cas de maladie osseuse de Paget. » C'était le signe, très humble, très simple, que ce mari, passionnément épris de sa femme, exerçait aussi un métier, et que ses énergies professionnelles continuaient d'agir, presque automatiquement. Ce détail suffit pour que Madeleine se sentît plus seule encore, et l'écheveau de ses pensées commença de se dévider dans le silence de la nuit si propice à ces méditations douloureuses de l'insomnie et de la fièvre.

– « Quelle journée, » songeait-elle, « et quelle soirée !... Et demain ?... François est rassuré, maintenant. Il travaille. C'est la preuve que j'ai réussi et que ses soupçons se sont en allés. Il faut qu'ils ne reviennent jamais. Qu'il ne comprenne jamais ce que j'aurai souffert !... » Et haussant ses minces épaules, elle frissonnait sous le châle de fine laine dont elle s'était enveloppée par-dessus la soie souple de sa chemisette de lit, tant elle se sentait glacée et mal à l'aise. « Mais comment le comprendrait-il ? C'est un bien grand cœur et un bien grand esprit. Il n'a jamais su, il ne saura jamais ce que c'est qu'une femme. Lui, si bon, il est allé me livrer à cette pauvre Agathe !... Ah ! c'est à elle qu'il sera difficile de cacher mon secret ! J'y avais pourtant réussi. Sans cela, m'aurait-elle suppliée de faire cette démarche ?... Hé bien ! Agathe me verra souffrir. Elle n'ira pas raconter ses observations à François, du moment qu'elle aura constaté que je ne me mets pas au travers de sa vie ; et je ne m'y mettrai ni s'il l'aime, ni s'il ne l'aime pas... » Elle ne désignait jamais Brissonnet autrement quand elle s'en parlait à elle-même, que par cet il impersonnel, ne voulant pas l'appeler du nom qu'il portait pour tous et ne se permettant pas cette douceur du prénom, si pénétrante pour le cœur d'une femme éprise et dont s'enivrait secrètement sa sœur : « S'il l'aime, je le lui donnerai... S'il ne l'aime pas ?... » Que de fois elle s'était posé cette question ! Et toujours elle y avait répondu avec un frémissement de sa sensibilité plus forte que toutes ses résolutions : « Non. Il ne l'aime pas... » Que de fois aussi, elle s'était interdit de se formuler avec la netteté de cette parole intérieure, aussi précise que l'autre, cette conclusion : « S'il ne l'aime pas, c'est moi qu'il aime !... » Pourquoi, à la veille de cette entrevue, où elle se préparait à mettre l'irréparable entre elle et cet homme, les redisait-elle, ces mots dangereux, ces mots coupables déjà, et non plus dans le silence de son cœur, mais à mi-voix, comme pour mieux en savourer la volupté défendue ? » Oui. C'est moi qu'il aime… c'est moi, c'est moi… » Elle se répétait : « Il m'aime. Il me le dira demain. J'ai bien le droit de l'entendre me le dire, puisque ce sera notre dernière rencontre… Et moi, que lui répondrai-je ?… Que je l'aime aussi et qu'il doit partir, puisque je ne suis pas libre… Il emportera du moins cette consolation, dans cet adieu qui sera éternel, de savoir que son sentiment est partagé, et moi, cette minute de vérité me paiera de mes souffrances passées et futures. Elle me donnera la force de vivre ensuite, de remplir tout mon devoir… » Elle se vit en face de l'officier d'Afrique et regardant sur ce visage si fier, si pétri de noblesse et de douleur, l'extase qui s'y peindrait quand elle aurait murmuré cet aveu. « Nous nous quitterons alors sans que sa bouche ait même effleuré ma main… » À cette romanesque imagination son cœur battit. Un sang plus chaud courut dans ses veines. Cette fiévreuse brûlure de l'amour la fit presque défaillir, et tout de suite sa conscience se réveilla : « Me laisser dire par lui qu'il m'aime ?… Le lui dire, moi ?… Mais quand je me retrouverai ici avec François et que je lui rapporterai ce qui se sera passé, il y aura donc des choses que je lui cacherai ?… J'aurai écouté, lui absent, des mots que je n'aurais pas écoutés, lui présent ? Il est si loyal, il vient de me donner une telle preuve de sa confiance, et je lui mentirais sur ce point encore ?… Non. Non. C'est déjà si dur de lui mentir sur mes sentiments. Rien qu'à le voir entrer dans le salon quand l'autre sera parti, si je ne peux pas tout répéter des paroles qui se seront prononcées là, je mourrais de honte… Que faire cependant ? Ah ! S'il aimait ma sœur, tout simplement, si je me méprenais sur toute son attitude depuis ces dernières semaines ? S'il me déclarait qu'il n'a pas osé croire à la possibilité de ce mariage et qu'il s'est tu, à cause de cela ? S'il l'épousait ?… Maintenant qu'Agathe est prévenue contre moi par les révélations que lui a faites François, quels rapports auraient son ménage avec le nôtre ? Nous nous verrions à peine et si mal ! Cette amitié qui m'a unie à elle malgré tant de malentendus, serait finie… Hélas ! ne l'est-elle pas ?… Et du moins Agathe serait heureuse, et lui aussi. Avec cette grande fortune à sa disposition, toute sa carrière deviendrait si aisée. Il pourrait attendre son heure, et s'il voulait entrer dans la politique avec sa gloire et cet instrument d'action, quel avenir !... C'est ce mariage que je devrais souhaiter pour lui. Je le souhaite. Oui. Je le souhaite !... Oui. Je ferai tout pour qu'il ait lieu !... » Et soudain, éclatant en sanglots et enfonçant sa tête lassée dans ses oreillers : « Ah ! Je l'aime ! Je l'aime !... Et je ne veux pas que lui non plus le sache jamais. Je ne veux pas !... » Et, tout épouvantée de nette explosion de sa douleur, elle tendait l'oreille pour écouter si aucun bruit ne venait de la chambre voisine. Elle tremblait que le pas de son mari ne lui annonçât qu'il avait surpris son gémissement : « François ne m'a pas entendue, se disait-elle, « il est bien heureux d'avoir sa science. Quand il travaille, il oublie tout, et il peut toujours travailler ! ... »

Madeleine se trompait, – et derrière cette porte qui séparait leurs deux chambres un trouble bien grand ravageait le cœur de cet homme qu'elle croyait apaisé. Il l'était en effet sur ce point : pour une période, qui serait ou longue ou courte, suivant les incidents, l'idée fixe de la jalousie sentimentale, contre laquelle il s'était tant meurtri, ne le tourmentait plus. Cependant, il n'arrivait pas à reprendre avec un véritable intérêt le travail devant lequel il était attablé, et qui faisait vraiment une antithèse par trop saisissante à l'ordre de pensées où ils venaient de se mouvoir, lui et sa femme. Le médecin avait sous les yeux plusieurs clichés pris dans son service à l'hôpital, d'après deux malades atteints de l'énigmatique et horrible infirmité que Sir James Paget a décrite, pour la première fois dans un célèbre mémoire, en 1877. Le professeur Dieulafoy lui a consacré, en la dénommant : « Ostéite déformante progressive », une de ces belles leçons de sa clinique de l'Hôtel-Dieu où la force de l'expression arrive à la plus haute éloquence. Liébaut croyait avoir découvert la lésion initiale, inconnue jusqu'ici, qui détermine cette totale altération du squelette. Il avait rédigé une note importante qui devait illustrer ces photographies. L'incurvation des membres inférieurs appauvris jusqu'au dessèchement, la saillie aiguë des épaules, le tassement du tronc, l'énormité du crâne faisaient de ces images d'effroyables exemplaires de misère humaine, – de quoi retirer cet enseignement que nous sommes bien ingrats envers le sort, en nous créant des maux imaginaires, alors qu'il y a, de par le monde, tant de nos semblables atteints dans leur chair, et d'une façon si tragique ! Le mari de Madeleine était, je l'ai déjà dit, de ces docteurs que le contact quotidien avec la souffrance n'a pas blasés, et qui demeurent capables de plaindre les malades qu'ils soignent, – voire, chose plus rare, ceux qu'ils étudient. Les deux lamentables individus, dont il avait devant lui les silhouettes macabres et au sujet desquels il préparait cette communication à l'Académie, il les avait vus mourir, le cœur essoufflé, le cerveau comprimé, dans le plus affreux marasme. Il ne se les rappelait même plus, à cette minute où son regard courait sur ses épreuves, sans rien remarquer que la littéralité des mots imprimés. Sa plume rectifiait une virgule, corrigeait un détail d'orthographe, et la seule réalité, sentie par lui, était celle de ses rapports avec sa femme et sa belle-sœur.

– « Madeleine l'a bien compris, » se disait-il, « je ne peux pas ne pas avoir une nouvelle explication avec Agathe… Si ce mariage avec M. Brissonnet doit avoir lieu, il est indispensable que ce point de défiance ait été réduit, qu'il ait disparu, entre les deux sœurs… Si ce mariage ne doit pas avoir lieu, il n'est pas moins nécessaire que toute équivoque soit supprimée. Il faut qu'Agathe soit bien convaincue que sa sœur n'aura été pour rien dans cette non-réussite de son projet. Mais quand vaut-il mieux que nous en ayons causé, elle et moi ? Après la conversation entre Madeleine et M. Brissonnet, ou avant ?… Si je parle après, et que le résultat ait été celui que nous désirons, tout est bien. S'il se trouve avoir été contraire, Agathe me croira-t-elle ?… Évidemment, si je parle avant, mon autorité sera plus grande… Est-ce bien sûr ? Oui, dans l'hypothèse du mariage ; mais dans l'hypothèse opposée et après l'échec, Agathe ne me croira pas davantage… Ah ! qu'elle me croie ou qu'elle ne me croie pas, c'est son affaire ! La mienne est de réparer et tout de suite la faute que j'ai commise envers ma pauvre Madeleine… Oui, je parlerai à ma belle-sœur dès demain matin… Que me répondra-t-elle ?… »

Si François Liébaut avait été complètement guéri par le pieux mensonge de Madeleine, comme il le disait et le croyait, il n'aurait pas éprouvé une angoisse à se poser cette question. Ces susceptibilités du cœur, de la nature de celle dont il avait tant souffert, tout imprécises et tout imaginatives, laissent derrière elles, chez celui qu'elles ont ravagé, une inquiétude étrangement morbide. Il se sent toujours au moment d'être repris par le doute, alors même qu'il s'affirme sa tranquillité. Quel regard aurait Agathe pour accueillir la rétractation du mari jaloux de la veille, transformé si soudainement ? Quelles paroles trouverait-elle à prononcer, capables de réveiller la défiance exorcisée à cette minute ? Et si elle se taisait, ce calme signifierait-il qu'elle partageait la conviction de son interlocuteur ?…

– « Paroles ou silence, » finit par conclure le mari de Madeleine, en secouant sa tête pour chasser une appréhension qui allait devenir intolérable, « je n'en tiendrai pas plus compte que de ceci !… Il fit le geste de lancer dans le feu la plume d'oie avec laquelle il corrigeait son épreuve, et qui, appuyée trop fortement, par sa main soudain énervée, s'écachait sur le papier. « Mon devoir est absolu. Je dois à ma femme de réparer le tort que je lui ai fait. Je le réparerai, dès demain matin. Ma première visite, en sortant de l'hôpital, sera pour Agathe, je m'en donne ma parole d'honneur. »

De pareils serments, tous ceux qui ont aimé et souffert de la jalousie sentimentale le savent trop, ne sont jamais que des prétextes à parjure. Quand il s'agit d'affronter une scène d'où nous risquons de sortir avec une crise nouvelle de la torturante maladie, que nous sommes ingénieux à nous chercher un prétexte pour la reculer ! Le lendemain matin, le docteur Liébaut alla bien à son hôpital, mais l'adresse qu'il donna a son cocher, quand il en sortit, ne fut pas celle de Mme de Méris. La pendule fixée devant lui dans le coupé marquait midi qu'il n'avait pas encore fait cette visite à laquelle il s'était engagé vis-à-vis de lui-même, si solennellement. Partagé entre sa terreur de se retrouver en face de sa belle-sœur et son remords de ne pas accomplir ce qu'il considérait comme une stricte obligation, il se rangea au parti le moins courageux. – Que ceux-là le blâment, qui n'ont jamais cédé à cette tentation d'éviter à tout prix une présence trop redoutée ! – Il écrivit. Rentré chez lui, pour l'heure du déjeuner, il avait demandé à son cocher d'attendre, et, vingt minutes plus tard, cet homme déposait chez le concierge de l'énorme maison érigée au coin de l'avenue des Champs-Élysées, ce billet à remettre aussitôt à Mme de Méris. « J'ai eu une explication avec M., ma bonne et chère Agathe. Je tiens à vous dire immédiatement que j'ai acquis la preuve absolue que nous nous sommes trompés tous les deux. Il faut » (le naïf médecin avait souligné ce mot en le répétant). « J'y insiste, il faut que vous effaciez de votre esprit toutes les idées que vous vous étiez faites à cause de ma folle imagination. J'espère d'ailleurs que vous aurez une bonne nouvelle, dès cette après-midi. M. doit toujours voir qui vous savez. Si vous venez vous-même vers trois heures, vous aurez sans doute la réponse. Si elle est telle que vous la désirez, personne ne sera plus heureux qu'elle et que votre frère dévoué. » Lettre presque implorative dont la signature : un François Liébaut tout tremblé – attestait davantage encore la crise de faiblesse dans laquelle ces lignes avaient été tracées ! Elles ne contenaient pas une phrase dont tous les mots ne dussent être, pour une femme du caractère d'Agathe et dans sa situation d'esprit, une preuve de plus qu'elle y avait vu juste et que sa rivale avait eu, une fois encore, l'art de jouer une comédie.

– « Il n'a pas osé venir me raconter cela en face... » se dit-elle, après avoir lu ce peu courageux message. Elle froissa le papier, avec une espèce de rancune sauvage, et sa déception se soulagea en criant tout haut : « Ah ! le lâche ! le lâche ! » Elle avait passé la nuit à se demander si son beau-frère aurait l'énergie de tenir sa promesse. Au dernier moment, ne reculerait-il pas ? Les scrupules de sa faiblesse qu'il prendrait pour des reproches de sa conscience ne prévaudraient-ils pas, quand il s'agirait d'écouter caché cette conversation entre Madeleine et Brissonnet dont tout l'avenir de son bonheur, à elle, dépendait ? « Il est jaloux, » s'était-elle répondu en pensée, pour réfuter les objections que la connaissance profonde des timidités du médecin lui suggérait. « Il est jaloux, et un jaloux ne résiste pas au besoin de savoir... Pourvu seulement qu'il ne commette pas la folie d'avoir une explication avec Madeleine avant ?... Mais non. Il lui faudrait avouer qu'il est venu ici et qu'il m'a parlé... Un mari, même le plus aveuglé, ne fait pas de ces confessions-là... » Et voici que ce billet lui apportait la preuve que, cette confession, ce mari-ci l'avait faite ! Une scène de cette nature, entre les deux époux, supposait, de la part de la personne qui l'avait provoquée et qui ne pouvait être que François, un extraordinaire état d'exaltation, celui dont Mme de Méris l'avait vu possédé. Hors de lui, c'était trop certain, il n'avait pas gouverné sa parole. Il avait tout dit à Madeleine, pêle-mêle. Tout !... S'il en était ainsi, la sœur cadette connaissait le conseil que la sœur aînée avait donné à son mari ?... Cette idée suffisait pour qu'Agathe éprouvât contre son complice de quelques instants, et qui venait de la trahir, un passionné mouvement de haine. Elle n'eut pas le loisir de s'y livrer autrement que par cette insulte, répétée rageusement : « Le lâche ! le lâche !... » Une pensée qui touchait dans son cœur une fibre plus profonde que celle de l'amour-propre la traversait de sa pointe brûlante : « Madeleine aime Brissonnet. C'est la chose sûre, celle dont je ne peux plus douter, et qui explique tout. Elle a trouvé le moyen d'abuser son mari. Le malheureux ne sera pas là tout à l'heure, quand l'autre arrivera au rendez-vous. Madeleine et Louis seront seuls... » Cette possibilité d'un tête-à-tête entre Mme Liébaut et le commandant n'était pas un fait d'ordre nouveau. L'idée en fut soudain aussi insupportable à la sœur jalouse que si ce tête-à-tête eût dû avoir lieu pour la première fois. Le caractère de sa cadette, lui non plus, n'était pas pour l'aînée une nouveauté. Elle le connaissait, elle aurait dû plutôt le connaître assez pour ne jamais accuser Madeleine d'une abominable scélératesse. Et elle entrevoyait comme probable, comme indiscutable, cette sinistre histoire : Madeleine prenant à Ragatz Louis Brissonnet comme amant, et, pour assurer la sécurité de cette intrigue, faisant jouer à sa sœur le rôle de paravent. Hypothèse affreusement et gratuitement inique, et folle, avec cela ! D'où fussent venues, à une maîtresse heureuse, ces troubles profonds dont les retentissements avaient ébranlé la santé de Mme Liébaut au point de donner l'éveil au mari ?... Mais Agathe ne raisonnait plus... Elle avait repris la lettre de son beau-frère. Elle en épelait toutes les syllabes, et elle les traduisait comme il arrive, dans le sens de sa rancune, avec cette irrésistible ardeur de suggestion que la jalousie trouve à son service. Elle raisonnait :

– « C'est Madeleine qui a dicté ces phrases. Je reconnais ses manières de s'exprimer, si insinuantes, si peu droites !… Elle a empêché Liébaut de venir me voir. Elle a craint ma perspicacité et aussi que je ne défisse son œuvre. Après ce qu'il appelle, lui, une explication, elle est avertie que je sais beaucoup de choses. A-t-elle vraiment compté que je serais sa dupe, sur la seule affirmation de ce pauvre François ?… Pourquoi non ? Si elle et Brissonnet s'entendent, depuis ces trois mois, pour nous trahir, Liébaut et moi, de cette infâme manière, ils doivent nous croire tous les deux aussi naïfs, aussi niais l'un que l'autre… Mais est-il possible qu'ils soient complices ?… Comment admettre que Brissonnet, un homme d'honneur, un héros, se soit prêté à une aussi vile, à une aussi honteuse manœuvre que celle qui aurait consisté à me faire la cour, au risque de troubler toute ma vie, sans m'aimer, et lié avec une autre ? Et quelle autre !… Non, ce n'est pas vrai ! Ce n'est pas vrai ! Il n'a pas fait cela !… »

Elle n'osait pas ajouter, même tout bas et pour elle seule : « Il ne m'a pas fait cela. » C'était là le point le plus profond et le plus sensible. Toute l'attitude du jeune homme vis-à-vis d'elle depuis ces trois mois lui avait si souvent donné l'illusion qu'il l'aimait ! Elle s'était si complaisamment caressé le cœur à cette chimère ! Elle-même nourrissait pour lui un sentiment si vrai ! Cette hypothèse qu'il eût joué la comédie avec elle – et par passion pour sa cadette – lui déchirait toute l'âme. Et revenant à cette lettre qui lui avait annoncé l'échec de son plan d'espionnage : « Liébaut souffrait pourtant hier autant que moi. Il aime sa femme. Il est jaloux. Il peut savoir, et il ne veut pas savoir !… – Ah ! si j'étais lui ?… »

Ce « si j'étais lui ?… » était gros d'une tentation détestable, mais si attirante. Une nouvelle idée commençait de lever dans l'esprit d'Agathe de Méris… « La cachette est là… Si j'étais lui ?… Pourquoi ne pas prendre sa place, puisqu'il la déserte ?... » Elle se vit tapie derrière cette porte qui communiquait du cabinet du médecin au petit salon de Madeleine. Si sa cadette était loyale avec elle, quel tort lui ferait l'aînée en écoutant cette conversation ? Aucun. Si, au contraire, Madeleine la trahissait, n'avait-elle pas le droit d'acquérir, à tout prix, la preuve de cette trahison ? – Liébaut lui disait de venir vers trois heures. L'entretien avec Brissonnet était donc fixé, comme Madeleine l'avait dit, entre la fin du déjeuner et ce moment, vers deux heures... Agathe se surprit à regarder la pendule. Elle marquait un peu plus d'une heure. Immobile, elle demeura indéfiniment à suivre les allées et les retours du balancier. La tentation grandissait, grandissait... Quand il ne resta plus que dix, de ces petites hachures qui représentent les minutes, entre la pointe de la grande aiguille et le chiffre II, la jeune femme ne fut plus maîtresse de cet appétit impérieux qui la dévorait. Elle s'habilla, descendit son escalier, prit une voiture, dans une sorte de somnambulisme dont elle ne s'éveilla qu'en se retrouvant sur le trottoir de la rue Bénouville, à l'angle de la rue Spontini. C'était l'adresse qu'elle avait donnée au cocher. Elle réalisa d'un coup l'énormité de l'acte qu'elle s'apprêtait à commettre. Elle allait y renoncer, quand une silhouette aperçue dans un fiacre lui rendit sa frénésie, accrue encore. Elle venait de reconnaître Brissonnet. Elle le vit qui s'élançait sur le trottoir devant l'hôtel des Liébaut. Il consulta sa montre, du geste de quelqu'un qui se croit en retard... Quand la porte se fut refermée sur lui, la résolution d'Agathe était de nouveau prise. Le plan ébauché dans sa pensée était très simple : demander à monter dans le bureau de son beau-frère, sous le prétexte qu'elle avait un livre à y prendre, en priant que l'on ne dérangeât pas sa sœur... Quand elle eut pressé sur le bouton, le bruit du timbre retentit dans tout son être. Mais déjà cette porte s'était ouverte devant elle, comme tout à l'heure devant l'officier. Elle avait débité son mensonge, et elle montait droit au bureau, sans que le valet de chambre pensât une seconde à la suivre. Quelle idée se ferait cet homme en ne la voyant pas redescendre ? Ah ! que lui importait, pourvu qu'elle entendît ?... La voici dans la pièce d'attente, dans le cabinet de consultation... Elle marche vers la porte, derrière laquelle celui qu'elle aime et sa rivale sont en train de causer librement, se croyant seuls… Tous les bruits s'étouffent dans cette chambre aménagée pour assurer le plus complet secret aux confidences des malades… – Une première tenture était fixée sur cette porte de manière à bouger avec le battant. Une seconde tenture en tapisserie retombait de l'autre côté afin qu'aucun éclat de voix ne pût arriver du cabinet au petit salon, ou du petit salon au cabinet. – C'est bien sur cette particularité qu'Agathe avait compté. Ses doigts brûlants écartent la première tenture… Elle tient la poignée de métal de la serrure… Elle presse sur le pêne, lentement, doucement… Elle attire à elle la porte qui vire sur ses gonds avec un grincement, mais si faible !… Elle touche maintenant l'étoffe de l'épaisse doublure de l'autre portière… Elle écoute… C'est Brissonnet qui parle :

– « Alors, si je vous comprends bien, madame, » disait l'officier, « mes assiduités auprès de Mme de Méris auraient été remarquées ?… »

– « Elles l'ont été » repartit la voix de Madeleine, avec une fermeté dont Agathe commença de s'étonner. Mais ce qui l'étonnait davantage encore, c'était cette évidence que sa sœur ne lui avait pas menti. Elle tenait à Brissonnet, précisément le discours qu'elle avait annoncé. Il allait être obligé de déclarer ses vrais sentiments. Ah ! que le cœur de la femme jalouse battait vite ! Si cet homme hésitait, c'est qu'il ne l'aimait pas. Il reprit, d'un timbre sourd où Agathe devina une émotion grandissante :

– « Vous me voyez bien au regret, madame, d'une conséquence de ma conduite à laquelle j'étais loin de m'attendre… Dites-moi, du moins, que vous ne m'avez pas, vous, cru capable de compromettre une femme, le sachant ?… Je n'ai jamais fait la cour à Mme de Méris, je vous en donne ma parole d'honneur. Elle-même en témoignera. Mais puisque vous considérez que j'ai été imprudent, à partir d'aujourd'hui, je me conduirai de telle manière que les plus malveillants devront changer de langage … »

– « Que voulez-vous dire ? » interrogea Madeleine. « Quand quelqu'un aussi en vue que vous l'êtes a trop intimement fréquenté le salon d'une femme, il la compromet davantage encore en cessant avec trop de brusquerie ses visites. Prenez garde à ce que vous déciderez. Pensez bien que le monde n'est pas si aveugle. Il sait très bien que les soudaines ruptures de relations cachent presque toujours un mystère… Si l'on a remarqué vos assiduités, on ne remarquerait pas moins votre absence… On en chercherait la raison dans une brouille… À cause de quoi ?… Ma sœur n'est pas de celles dont on peut incriminer la conduite… Il ne restera qu'une hypothèse, la plus naturelle… » Cette fois, son intonation était moins ferme, pour conclure : « Car enfin, un honnête homme, et je sais combien vous l'êtes, ne peut pas avoir eu deux motifs pour s'intéresser à une jeune femme du moment qu'il est libre et qu'elle est libre… »

– « Je crois vous comprendre, madame, » répondit Brissonnet, après un nouveau silence. « En effet vous avez dû croire cela de moi. Je l'aurais cru moi-même d'un autre. Mme de Méris est veuve. Elle est charmante. Tout homme serait fier, d'être distingué par elle et de lui donner son nom. Il eût été trop naturel que cette ambition fût la mienne… » Puis, d'une voix assourdie, il continua : « Je ne l'ai pas eue… Maintenant que vous me parlez, mes yeux se dessillent. La vérité de ma situation m'apparaît… Mes assiduités auprès de Mme de Méris semblaient traduire des sentiments que je n'avais pas pour elle. Je professe à son égard le plus profond respect. Mais, je ne l'aime pas et je n'ai jamais pensé qu'elle pût me faire l'honneur de m'accorder sa main… Vous m'affirmez que, dans ces conditions, le parti que je me préparais à prendre, qui était de suspendre presque complètement mes visites chez elle, risquerait d'aggraver les choses. Je ne saurais vous prouver mon entière, mon absolue bonne foi, madame, plus clairement qu'en vous disant : Dictez-moi vous-même ce que vous jugez que je dois faire, je le ferai… Je tiens trop à votre estime… et à celle de Mme de Méris. Rien ne me coûtera pour conserver l'une et l'autre… »

– « Je n'ai pas qualité pour vous donner un conseil, monsieur, » repartit Madeleine. « Mais de plus autorisés que moi ont pris les devants… Vous-même, ne nous avez-vous pas rapporté l'autre jour, à ma sœur et à moi, une conversation que vous avez eue avec le général de Jardes ? Ce chef si distingué vous a dessiné le plan de votre avenir. Vous hésitiez, m'avez-vous dit, à suivre son avis. Cependant vous en reconnaissiez la sagesse... »

– « Si je vous entends bien, madame, vous voulez dire que je devrais reprendre du service, et m'en aller très loin de Paris, pour très longtemps ?... »

– « C'est la plus sûre manière d'empêcher que l'on ne continue de parler, » répondit Mme Liébaut. Sa voix aussi s'était un peu altérée. Son émotion croissante ne l'empêcha pas d'insister : « Même dans une difficulté où il s'agit de ce que j'ai de plus cher, la réputation de ma sœur, je me serais fait un scrupule de seulement mentionner cette solution, si l'autorité de M. de Jardes ne m'était une garantie qu'elle est aussi très conforme à votre intérêt...

– « Je vous remercie de votre sollicitude, » interrompit Brissonnet. L'irritabilité des hommes nés pour l'action et qui se dominent malaisément, avait passé dans cette trop vive réplique, et surtout l'ironie douloureuse de la passion méconnue. – « Oui, madame, » reprit-il, « je vous remercie... Vous serez obéie. En sortant de chez vous, j'irai chez M. de Jardes... Ma demande pour le Tonkin sera signée dès ce soir... D'ici là, je me retirerai en province, chez mes parents. J'ai à leur dire adieu avant un nouvel exil, qui finira, Dieu sait quand... On ne me verra plus dans le monde de Mme de Méris, et le motif de mon absence sera d'un ordre si professionnel qu'il évitera les commentaires... Vous avez raison. Quand un homme d'honneur a commis des imprudences, même à son insu, il se doit de les racheter... Ce n'est que juste... Et pourtant, non, » continua-t-il plus âprement, « ce n'est pas tout à fait juste. Il y a une trop grande disproportion entre les torts d'attitude que j'ai pu avoir et le sacrifice que je vais accomplir... Ah ! madame, » et son accent se fit déchirant, ... « laissez-moi du moins, avant de m'en aller, vous avoir dit quelque chose encore... Permettez-moi de vous raconter une histoire... l'aventure d'un de mes amis... d'un soldat comme moi… Il avait rencontré une femme accomplie ; une, de ces créatures idéales comme on rêve d'en avoir eu une, enfant pour mère, frère pour sœur, adolescent pour fiancée, homme pour épouse… Cette femme, elle, n'était pas libre… Malgré son existence passée tout entière dans des compagnies peu scrupuleuses, mon ami n'était pas de ceux qui se font un jeu de troubler la paix d'un ménage… S'il éprouva aussitôt pour cette femme une sympathie passionnée, il se jura à lui-même, non seulement de ne jamais la lui dire, mais de ne pas la lui montrer… Et il s'est tenu parole, des jours, des semaines, des mois… Celle qu'il aimait avait une sœur qui lui ressemblait, dans de certains moments, à les prendre l'une pour l'autre… L'insensé dont je vous raconte le malheur avait bien tenu son serment. Mais précisément parce qu'il se sentait, ou croyait se sentir assez d'énergie, pour le tenir jusqu'au bout, il s'était laissé aller à vivre dans le milieu de celle qu'il aimait… Je vous ai dit que c'était un insensé, mais c'était aussi un homme qui savait aimer, je vous le jure… Ses bonheurs étaient de respirer dans le même air que cette femme, de la rencontrer et d'entendre sa voix, de causer avec elle et de découvrir à chaque nouvelle occasion un prétexte de plus pour justifier à ses propres yeux le culte qu'il lui avait voué… Il eût été complètement heureux, dans cet amour sans espoir, s'il avait pu venir chez elle tous les jours et demeurer en sa présence, sans lui parler, à la contempler, l'écouter parler, penser, sentir… Ces visites quotidiennes lui étaient interdites. D'autres lui étaient permises, – du moins il crut qu'elles lui étaient permises, – à cette sœur dont la quasi-identité de traits avec celle qu'il aimait était si saisissante… Mon ami se laissa aller, sans réfléchir, à cette tentation de tromper par cette ressemblance la passion qui le dévorait. Il prit l'habitude de se rendre au théâtre, en soirée, à la promenade, partout où il était sûr de rencontrer cette sœur, sur le visage de laquelle sa rêverie reconnaissait, – avec quelle émotion, – cette grâce adorable dont il était épris, pas tout à fait la même, mais si pareille !… Et puis, une heure vint où même cette pauvre joie lui fut interdite. Alors il lui fut insupportable que les motifs auxquels il avait cédé fussent méconnus de la seule personne à l'opinion de laquelle il tînt… Pour la première et la dernière fois, il manqua à la parole qu'il s'était donnée lui-même… Qu'il ne s'en aille pas madame, sans emporter cette consolation que vous lui avez pardonné et que vous l'avez compris. »

– « J'ai compris, monsieur Brissonnet, » répondit la voix de Madeleine, toute frémissante, et comme cette preuve de son émotion fit mal à Agathe « J'ai compris que vous m'avez parlé comme personne ne m'a jamais parlé, comme personne ne me parlera jamais. Vous avez oublié que je suis mariée et mère. Vous n'avez respecté en moi ni mon mari ni mes enfants. Vous m'avez pour toujours empoisonné le souvenir de relations que j'avais crues simples, honnêtes, droites. Et elles ne l'étaient pas !… Adieu, monsieur, je vous demande de partir d'ici, sans ajouter un seul mot… Vous ne voudrez pas m'avoir obligée d'appeler… »

– « Madame !… » s'écria le jeune homme avec une supplication. Puis, éclatant en sanglots : « C'est vous qui me répondez ainsi, vous, vous !… Ah ! malheureux ! Pourquoi ne me suis-je pas tu jusqu'au bout ? Pourquoi n'ai-je pas emporté avec moi un secret que j'avais si bien caché ? Madame, je vous en conjure, ne dites pas, ne pensez pas que je ne vous ai pas respectée ! N'ayez pas peur de moi surtout !… Ne me faites pas cet affront !… Permettez-moi de vous expliquer !… »

– « Je ne vous permets rien, » dit Madeleine. « Je vous laisse. Vous comprendrez que vous n'avez plus qu'à vous retirer et à ne plus revenir. »

En disant ces mots, elle marcha vers la porte qui séparait le petit salon du cabinet de son mari, d'un pas si rapide qu'Agathe, paralysée par sa terreur d'être découverte, n'eut littéralement pas le temps de s'effacer. Madeleine souleva la portière. Elle aperçut sa sœur, et son saisissement fut tel que ses jambes défaillirent. Elle dut s'appuyer contre le mur en continuant de s'accrocher de sa main droite à l'étoffe. Agathe se tenait la tête baissée. Elle avait fait un pas en avant, pour arrêter sa sœur. Maintenant, elle n'osait plus avancer. Brissonnet, lui, après avoir jeté une exclamation de surprise, regardait alternativement les deux sœurs. Toutes sortes de sentiments passaient sur son expressive et mâle physionomie ! Enfin l'indignation l'emporta, et, s'adressant à Agathe, il lui dit :

– « Ah ! Madame de Méris, comment avez-vous pu ?... »

– « Monsieur Brissonnet... » supplia la jeune veuve.

– « Tu n'as pas à te justifier. Je ne veux pas que tu te justifies... » s'écria Madeleine qui avait eu la force de se dresser entre sa sœur et l'officier, « C'est moi, monsieur, » continua-t-elle en se tournant vers Brissonnet, « qui ai voulu que ma sœur assistât cachée à notre entretien... Oui, » insista-t-elle, impérieusement, « c'est moi... J'ai voulu qu'elle apprît de votre propre bouche le détail de vos vraies intentions sur le seul point que vous eussiez dû aborder... Ce n'est ni sa faute, ni la mienne, si vous en avez abordé un autre... »

– « Vous ai-je bien entendu, madame ? » dit Brissonnet. « Non, ce n'est pas possible que vous vous soyez prêtée à une pareille trahison, car c'en est une que de faire espionner quelqu'un qui, lui, était d'entière bonne foi. C'est une trahison que... »

– « Je vous ai prié tout à l'heure de vous retirer, monsieur Brissonnet, » interrompit la courageuse femme. « À présent je vous l'ordonne... Je suis chez moi et je vous dispense, vous qui venez de me parler indignement, de qualifier une action dont ma conscience est seule juge... »

– « Madeleine... » implora de son côté Agathe. Sa sœur lui avait saisi la main pour l'arrêter, avec une violence qui lui coupa la parole pendant un instant bien court. Il suffit pour que l'officier, qui avait pâli sous l'outrage d'une manière affreuse, avisât son chapeau, et, se dirigeant vers la porte, il se retira en effet, en s'inclinant profondément du côté des deux femmes. Quelques minutes plus tard, le bruit du battant d'en bas, ouvert puis refermé, attesta qu'il avait obéi à l'insultante injonction, et voici que devant le sacrifice accompli, le cœur de Madeleine se brisait de désespoir, et elle sanglotait :

– « Il est parti !... Je ne le reverrai plus jamais !... Je l'ai voulu ... Jamais ! Jamais ! »

– « C'est donc vrai que tu l'aimes aussi ? » demanda Mme de Méris.

– « Ah ! passionnément, » répondit-elle.

– « Et tu as plaidé ma cause avec cette chaleur !... Tu as voulu me le donner !... Tu m'as sauvé l'honneur devant lui !... Comment obtiendrai-je de toi mon pardon ?... » gémit Agathe.

– « En m'aidant à vivre et à tout cacher à François », répondit Madeleine.

IX

LES MOTS DE LA FIN

Quand, une heure plus tard, le médecin revint aux nouvelles rue Spontini, il aperçut, en entrant dans le petit salon, Agathe et Madeleine assises à côté l'une de l'autre. La cadette avait appuyé sa tête sur l'épaule de l'aînée qui lui caressait les cheveux doucement, avec une tendresse où le mari jaloux vit une dernière preuve qu'il avait été en proie à de folles chimères.

– « Hé bien ? » demanda-t-il vivement.

– « Hé bien, » dit Mme de Méris avec un regard qui l'adjurait de ne pas pousser plus avant son interrogation, « Madeleine n'a pas réussi... Il paraît que je m'étais trompée et que M. Brissonnet ne m'aime pas. Il a été loyal. Il a reconnu son imprudence, et il s'est excusé. Il va reprendre du service aux colonies et quitter la France... Ce que je vous demande, François, c'est de ne plus jamais prononcer ce nom devant moi... J'aurai de la force, » ajouta-t-elle en embrassant sa cadette avec passion, « oui, j'en aurai... J'ai retrouvé ma sœur... »

– « C'est moi qui ai retrouvé la mienne, » répondit Madeleine, d'une voix si basse que Liébaut ne l'entendit pas. Il les aurait entendus, d'ailleurs, ces mots si simples, qu'il n'en aurait pas compris le sens, ni le miracle de tendresse que l'héroïsme de la plus jeune venait d'accomplir dans le cœur de l'aînée. Les deux femmes avaient en effet perdu, et pour toujours, l'homme qu'elles aimaient toutes les deux. Mais ce commun regret allait, grâce au sacrifice volontaire et à la délicatesse de la pure Madeleine, les réunir au lieu de les séparer. Ni l'une ni 'autre ne mentait. L'une et l'autre avait réellement retrouvé sa sœur – reprise touchante d'intimité qui n'a pourtant pas désarmé les commentaires du monde ! Comme avait dit Madeleine, ce monde n'est pas si aveugle, mais il a ses bonnes raisons pour ne supposer l'héroïsme et la délicatesse qu'en dernier ressort, et quand il ne peut plus trouver d'explication mesquine, et par conséquent probable, aux mystères qu'il a su deviner. Le subit départ du commandant Brissonnet a donc été dûment discuté dans toute la petite société qui évolue autour des deux sœurs, et deux versions sont en train de prévaloir. La première est celle de Mme Éthorel qui a débité, sous le sceau du secret, cette confidence à vingt intimes :

– « Imaginez-vous la gaffe que j'ai faite !... C'est moi qui suis allée raconter à Mme Liébaut que Brissonnet compromettait Mme de Méris. Les deux sœurs aimaient le même homme !... Oh ! je ne crois pas qu'il se soit jamais rien passé. D'ailleurs, je n'y étais pas... Ce qu'il y a de certain, c'est qu'elles ont dû avoir une terrible explication. Il a quitté Paris quarante-huit heures après que j'avais été servir ce ragot à Madeleine. Où avais-je la tête ?... Elles en ont fait toutes deux une maladie. Elles ne se quittent plus maintenant, pour empêcher les potins... C'est un peu cousu de fil blanc, ces finesses-là !... »

L'autre légende est celle que propage Favelles, en clignant de la manière la plus scélérate son vieil œil presbyte, tout bordé de rouge.

– « Les jeunes gens d'aujourd'hui n'ont vraiment pas d'estomac... Ce Brissonnet, je le présente à deux sœurs, deux femmes charmantes. Il leur fait la cour à toutes deux, en se cachant de l'une et de l'autre. Elles découvrent le pot aux roses, et voilà mon gaillard qui se sauve au Tonkin, comme s'il avait commis un crime. De mon temps, monsieur, quand on avait deux femmes dans sa vie et qu'elles l'apprenaient, on les gardait, monsieur, fût-ce deux sœurs. On leur ordonnait de rester bonnes amies, et elles obéissaient ! Je parierais vingt-cinq louis que ce nigaud-là n'a même pas été du dernier bien avec les deux !... »

* * * * *

Que ces « mots de la fin » de son roman seraient amers à Louis Brissonnet s'ils arrivaient jusqu'à lui ! Mais les soupçonnera-t-il jamais et reviendra-t-il des lointaines contrées où il s'est exilé, pour ne plus revoir ces profonds, ces beaux yeux de femme derrière lesquels il avait deviné une âme digne de la sienne, – une âme tendre et courageuse, passionnément aimante et passionnément fière ? Le souvenir de la terrible scène qui l'a pour toujours séparé de Madeleine ne lui permet plus de croire à cette âme et à ces yeux. Il est arrivé à la conclusion que les deux sœurs se sont jouées de sa naïveté afin de l'attirer dans un vulgaire piège conjugal. Et cependant, quand il évoque, sous le ciel de l'Extrême-Orient, l'image de cette adorable amoureuse qui, n'a voulu être qu'une sacrifiée, un instinct s'éveille en lui, plus fort que l'évidence. Il devine un mystère, lui aussi, et, comme il n'est pas du monde, il entrevoit la vérité. Faut-il lui souhaiter de la connaître jamais tout entière ? Oui, maintenant qu'il s'est repris à aimer de nouveau son métier de soldat de toute l'ardeur de son sentiment déçu. Tous les martyres ont droit à leur récompense. Celui de Madeleine serait payé si jamais Brissonnet accomplissait de nouveau de très hautes actions, au service de la France, avec l'idée que la joie de sa gloire est la seule volupté dont ce grand cœur de la femme qui l'aime, se permettra jamais la douceur.